LA VIE DE MARIANNE, OU LES AVANTURES DE MADAME LA COMTESSE DE ***.

Neuvième Partie.

Il y a si long-tems, Madame, que vous attendez cette Suite de ma Vie, que j'entrerai d'abord en matière; point de préambule, je vous l'épargne. Pas tout-à-fait, me direz-vous, puisque vous en faites un, même en disant que vous n'en ferez point. Eh bien, je ne dis plus mot.

Vous vous souvenez, quoique ce soit du plus loin qu'il vous souvienne, que c'est la Religieuse qui parle.

Vous croyez, ma chere Marianne, être née la personne du monde la plus malheureuse, & je voudrois bien vous ôter cette pensée, qui est encore un autre malheur qu'on se fait à soi-même : non pas que vos infortunes n'aient été très-grandes, assurément ; mais il y en a de tant de sortes que vous ne connoissez pas, ma fille ! Du moins une partie de ce qui vous est arrivé, s'est-il passé dans votre enfance. Quand vous étiez le plus à plaindre, vous ne le saviez pas : vous n'avez jamais joui de ce que vous avez perdu ; & l'on peut dire que vous avez plus appris vos pertes, que vous ne les avez senties. J'ignore à qui je dois le jour, dites-vous ; je n'ai point de parens, & les autres en ont. J'en conviens ; mais, comme vous n'avez jamais goûté la douceur qu'il y a à en avoir, tâchez de vous dire : Les autres ont un avantage qui me manque ; & ne vous dites point : J'ai une affliction de plus qu'eux. Songez d'ailleurs aux motifs de consolation que

LA VIE DE MARIANNE,

OU

LES AVANTURES DE MADAME LA COMTESSE D***.

Par Monsieur DE MARIVAUX.

NEUVIÈME PARTIE.

A LA HAYE,

Chez JEAN NEAULME,

M. DCC. XLII.

que vous avez : un caractére excellent, un esprit raisonnable & une ame vertueuse valent bien des parens, Marianne ; & voilà ce que n'ont pas une infinité de personnes de votre sexe dont vous enviez le sort, & qui seroient bien mieux fondées à envier le vôtre. Voilà votre partage, avec une figure aimable qui vous gagne tous les cœurs, & qui vous a déja trouvé une mere pour le moins aussi tendre que l'eût été celle que vous avez perdue. Et puis, quand vous auriez vos parens, que savez-vous si vous en seriez plus heureuse? Hélas! ma chere enfant, il n'y a point de condition qui mette à l'abri du malheur, ou qui ne puisse lui servir de matière! Pour être le jouët des évènemens les plus terribles, il n'est seulement question que d'être au monde : je n'ai point été orpheline comme vous, en ai-je été mieux que vous? Vous verrez que non dans le recit que je vous ferai de ma vie, si vous voulez, & que j'abrégerai le plus qu'il me sera possible.

Non pas, lui dis-je, n'abrégez rien, je vous en conjure, je vous demande jusqu'au moindre détail : plus je passerai de momens à vous écouter, plus vous m'épargnerez de réflexions ſur tout ce qui m'afflige; & s'il eſt vrai que vous n'ayiez pas été plus heureuſe que moi, vous qui méritiez de l'être plus qu'une autre, j'aurai aſſez de raiſon pour ne plus me plaindre.

Dès que mon recit peut ſervir à vous diſtraire de vos chagrins, me répondit-elle, je n'héſiterai point à lui donner toute ſon étenduë; & je vous promets d'avance qu'il ſera long.

Avant que j'en vienne à ce qui me regarde, il faut que je vous diſe un mot du mariage de mon pere & de ma mere, puiſque c'eſt la manière dont il ſe fit, qui vraiſemblablement a décidé de mon ſort.

Je ſuis la fille d'un Gentilhomme d'ancienne race, très-diſtinguée dans le pays, mais peu connue dans le monde. Son pere, quoiqu'aſſez riche, étoit un de ces Gentilshommes de Province qui vivent à la campagne, & n'ont jamais quitté leur Château.

Monſieur de Tervire, c'étoit ſon nom, avoit deux fils; c'eſt à l'aîné à qui je dois le jour.

Mademoiſelle de Treſle, c'eſt ainſi que s'appelloit ma mere, d'auſſi bonne Maiſon que lui, & qui étoit penſionnaire d'un Couvent où elle avoit été élevée, en sortit à l'âge de dix-neuf à vingt ans pour assister au mariage d'un de ses parens; & ce fut en cette occasion que mon pere, Jeune homme de vingt-six à vingt-sept ans, la vit, & se donna pour jamais à elle.

Il n'en fut pas rebuté, elle se sentit à son tour beaucoup de penchant pour lui. Mais Madame de Tresle qui étoit veuve, crut devoir s'opposer à cette inclination réciproque. Il y avoit peu de bien dans sa Maison: ma mere étoit la dernière de cinq enfans, c'est-à-dire, de deux garçons & de trois filles; les deux premiers étoient au Service, ses revenus suffisoient à peine pour les y soutenir; & il n'y avoit pas d'apparence qu'on permît à Tervire, qui étoit un assez riche héritier, d'épouser une cadette sans fortune, & qui pour toute dote n'avoit presque qu'une égalité de condition à lui apporter en mariage.

M. de Tervire le pere ne consentiroit point à une pareille alliance; il n'étoit pas raisonnable de l'espérer, ni de laisser continuer un amour inutile, & par conséquent indécent.

Voilà ce que Madame de Tresle disoit à Tervire le fils; mais il combattit avec tant de forces les difficultez qu'elle alléguoit, lui dit que son pere l'aimoit tant, qu'il étoit si sûr de le gagner, il passoit d'ailleurs pour un jeune-homme si plein d'honneur, qu'à la fin elle se rendit, & souffrit que ces Amans qui ne demeuroient qu'à une lieuë l'un de l'autre, se vissent.

Six semaines après, Tervire parla à son pere, le supplia d'agréer un mariage dont dépendoit tout le bonheur de sa vie.

Son pere qui avoit d'autres vûës, qui aimoit tendrement ce fils, & qui, sans lui en rien dire, lui avoit trouvé depuis quelques jours un très-bon parti, se moqua de sa priére, traita sa passion d'amourette frivole, de fantaisie de jeunesse, & voulut sur le champ l'emmener chez celle qu'il lui avoit destinée.

Son fils qui croyoit que cette démarche auroit été une espéce d'engagement, n'eut garde de s'y prêter. Son pere ne parut point offensé de son refus; c'étoit un de ces hommes froids & tranquilles, mais qui ont l'esprit entier.

Je ne vous forcerai jamais à aucun mariage; mais je ne vous permettrai point celui dont vous me parlez, lui dit-

dit-il: vous n'avez point aſſez de bien pour vous charger d'une femme qui n'en a point ; & ſi malgré ce que je vous dis là , Mademoiſelle de Treſle devient la vôtre, je vous avertis que vous vous en repentirez.

Ce fut là tout ce qu'il put tirer de ſon pere, qui dans la ſuite ne lui en dit pas davantage, & qui continua de vivre avec lui comme à l'ordinaire.

Madame de Treſle à qui il ne rendit cette réponſe que le plus tard qu'il put, défendit à ſa fille de revoir Tervire, & ſe préparoit à la renvoyer dans ſon Couvent, quand cet Amant deſeſpéré de ſonger qu'il ne la verroit plus, propoſa de l'épouſer en ſecret, & de ne déclarer ſon mariage qu'après la mort de ſon pere, ou qu'après l'avoir diſpoſé lui-même à ne s'y oppoſer plus. Madame de Treſle s'offenſa de la propoſition, & n'y vit qu'une raiſon de plus d'éloigner ſa fille.

Dans cette occurrence, ſes deux fils revinrent de l'Armée, ils apprirent ce qui ſe paſſoit: ils connoiſſoient Tervire, ils l'eſtimoient; ils aimoient leur ſœur, ils la voyoient affligée. A leur avis, il n'étoit queſtion que de ſe taire quand elle ſeroit mariée. M. de Tervire le pere pouvoit être gagné ; il étoit d'ailleurs infirme & très-âgé. Au pis aller, le caractére du fils ne laissoit rien à craindre pour leur sœur ; & sur tout cela, ils appuyérent les instances de leur ami d'une manière si pressante, ils importunérent tant Madame de Tresle, qu'elle leur abandonna le sort de sa fille, & son Amant l'épousa.

Seize ou dix-sept mois après, M. de Tervire le pere soupçonna ce mariage sur bien des choses qu'il est inutile de vous dire ; & pour savoir à quoi s'en tenir, il n'y fût que s'adresser à son fils, qui n'osa lui avouer la vérité, mais qui ne la nia pas non plus avec cette assurance qu'on a quand on dit vrai.

Voilà qui est bien, lui répondit le pere, je souhaite qu'il n'en soit rien ; mais, si vous me trompez, vous savez ce que je vous ai dit là-dessus, & je vous tiendrai parole.

Le bruit court que Tervire est marié avec votre cadette, dit-il à Madame de Tresle qu'il rencontra le lendemain, & supposons que cela soit, je n'en serois pas fâché si j'étois plus riche ; mais ce que je puis lui laisser, ne suffiroit plus pour soutenir son nom, & il il faudroit prendre d'autres mesures.

L'air déconcerté qu'elle avoit en l'écoutant, acheva sans doute de lui confirmer ce mariage, & il la quitta sans attendre de réponse.

Dans le tems qu'il tenoit ces discours, & qu'avec la froideur dont je vous parle, il menaçoit mon pere d'un ressentiment qui n'eut que trop de suites, ma mere n'attendoit que l'instant de me mettre au monde; & vous voyez à présent, Marianne, pourquoi j'ai fait remonter mon histoire jusqu'à la leur: c'étoit pour vous montrer que mes malheurs se préparoient avant que je visse le jour, & qu'ils ont pour ainsi dire dévancé ma naissance.

Il n'y avoit que quatre mois que ceci s'étoit passé, & je n'en avois encore que trois & demi, quand M. de Tervire le pere, dont la santé depuis quelque tems étoit considérablement altérée, & qui sortoit rarement de chez lui, voulut pour dissiper une langueur qu'il sentoit, aller dîner chez un Gentilhomme de ses amis qui l'avoit invité, & qui ne demeuroit qu'à deux lieuës de son Château.

Il étoit à cheval, suivi de deux valets. A peine avoit-il fait une lieuë, qu'un étourdissement qui lui prit, & auquel il étoit sujet, l'obligea de mettre pied à terre, & de s'arrêter un instant près de la maison d'un Paysan dont la femme étoit ma nourrice.

M. de Tervire qui connoissoit cet homme, & qui entra chez lui pour s'asseoir, vit qu'il tâchoit de faire avaller un peu de lait à un enfant qui paroissoit fort foible, qui avoit l'air pâle & comme mourant. Cet enfant, c'étoit moi.

Ce que vous lui donnez-là, ne lui vaut rien, dit Monsieur de Tervire surpris de son action ; dans l'état de foiblesse où il est, c'est de sa nourrice dont il a besoin : est-ce qu'elle n'y est pas? Vous m'excuserez, lui dit le Paysan, la voilà, c'est ma femme; mais elle est, comme vous voyez, au lit avec une grosse fiévre qui l'a empêché de nourrir l'enfant depuis hier au soir que nous lui avons cherché une nourrice, & voici même mon fils qui a été de grand matin avertir le pere & la mere d'en amener une. Cependant personne ne vient, la petite fille est fort mal, & je tâche, en attendant, de de la ſoutenir le mieux que je puis; mais il n'y pas moyen de la ſauver, ſi on la laiſſe languir plus long-tems.

Vous avez raiſon, le danger eſt preſſant, dit Monſieur de Tervire ; eſt-ce qu'il n'y auroit point de femme aux environs qu'on puiſſe faire venir ? elle me fait une vraie pitié. Elle vous en feroit encore bien davantage ſi vous ſaviez qui elle eſt, Monſieur, lui dit de ſon lit ma nourrice. Eh ! à qui appartient-t-elle donc? lui répondit-t-il avec quelque ſurpriſe. Hélas ! Monſieur, reprit le Payſan, je n'ai pas oſé vous l'apprendre d'abord, de peur de vous fâcher, car je ſais bien que ce n'eſt pas de votre gré que votre fils s'eſt marié ; mais, puiſque ma femme s'eſt tant avancée, il vaut autant vous dire que c'eſt la fille de Monſieur de Tervire.

Le pere à ce diſcours fut un inſtant ſans répondre ; & puis me regardant d'un air penſif & attendri : La pauvre enfant, dit-il, ce n'eſt pas elle qui a tort avec moi. Et auſſi-tôt il appella un de ſes gens : Hâtez-vous, lui dit-il, de retourner au Château ; je me reſſouviens que la femme de mon Jardinier perdit avant-hier ſon fils qui n'avoit que cinq mois, & qu'elle le nourriſſoit : di-

dites-lui de ma part qu'elle vienne ſur le champ prendre cette enfant-ci, & que c'eſt moi qui la payerai. Courez vîte, & recommandez-lui qu'elle ſe hâte.

L'étourdiſſement qui l'avoit pris, s'étoit alors entièrement paſſé : il me fit, dit-on, quelques careſſes, remonta à cheval, & pourſuivit ſon chemin.

Il n'étoit pas encore à cent pas de la maiſon, que ſon fils arriva avec une nourrice qu'il n'avoit pu trouver plutôt. Le Payſan lui conta ce qui venoit de ſe paſſer ; & le fils pénétré de la bonté d'un pere ſi tendre quoiqu'offenſé, remonta à ſon tour à cheval, & courut à toute bride pour aller lui en marquer ſa reconnoiſſance.

Monſieur de Tervire qui le vit venir, & qui ſe doutoit bien de quoi il étoit queſtion, s'arrêta; & ſon fils, après avoir mis pied à terre à quelques pas de lui, vint ſe jetter à ſes genoux les larmes aux yeux, & ſans pouvoir prononcer un mot.

Je ſais ce qui vous amène, lui dit Monſieur de Tervire émû lui-même de l'action de ſon fils. Votre fille a beſoin de ſecours, je viens de lui en envoyer chercher : s'il arrive aſſez-tôt pour elle, je ne laiſſerai point im-

imparfait le ſervice que j'ai voulu lui rendre, & je ne lui aurai point ſauvé la vie pour l'expoſer à ne pas vivre heureuſe. Allez, Tervire, votre fille vient tout-à-l'heure de devenir la mienne; qu'on la porte chez moi; menez-y votre femme; faites-vous dès aujourd'hui donner au Château l'appartement qu'occupoit votre mere, & que je vous y trouve logez tous deux quand je reviendrai ce ſoir. Si Madame de Treſſe veut bien venir ſouper avec moi, elle me fera plaiſir. Il me tarde d'être déja de retour pour changer des diſpoſitions qui ne vous étoient pas favorables; adieu, je reviendrai de bonne heure: rejoignez votre fille, & prenez-en ſoin.

Mon pere qui étoit toujours reſté à ſes genoux, & à qui ſon attendriſſement & ſa joye ôtoient la force de parler, ne put encore le remercier ici qu'en baignant de ſes larmes une main qu'il lui avoit tendue, & qu'en élevant les ſiennes quand il le vit s'éloigner.

Il revint à moi, qu'on avoit miſe entre les mains de la nourrice qu'il avoit amenée, nous conduiſit tous deux au Château où la Jardinière qui alloit

par

partir, me prit; nous quitta ensuite pour informer sa femme & sa belle-mere d'un evènement si consolant, les amena toutes deux chez son pere, au-devant de qui son impatience le fit aller sur la fin du jour, & à la place duquel il ne trouva qu'un valet qu'on lui dépêchoit pour le faire venir, & pour l'avertir que Monsieur de Tervire étoit subitement tombé dans une si grande défaillance qu'il ne parloit plus, & où enfin il expira avant que son fils fût arrivé. Quel coup de foudre pour mon pere & pour ma mere, & quelle différence de sort pour moi!

Il avoit fait un testament qu'on trouva parmi ses papiers, & dans lequel il laissoit tout le bien à son second fils, & réduisoit mon pere à une simple légitime; voilà ce que c'étoit que ces dispositions qu'il avoit eu dessein de changer, & au moyen desquelles mon pere se vit à peine de quoi vivre.

Il n'avoit rien à espérer de ce cadet qu'on mettoit à sa place: c'étoit un de ces hommes ordinaires qui sont incapables de s'élever à rien de généreux, qui ne sont ni bons ni méchans, de ces petites ames qui ne vous font jamais d'autre justice que celle que les Loix vous

vous accordent, qui ſe font un devoir de ne vous rien laiſſer quand elles ont droit de vous dépouiller de tout, & qui, ſi elles vous voyent faire une action généreuſe, la regardent comme une étourderie dont elles s'applaudiſſent de n'être pas capables, & vous diroient volontiers : J'aime mieux que vous la faſſiez que moi.

Voilà à quel homme mon pere avoit affaire ; de-ſorte qu'il fallut s'en tenir à ſa légitime qui étoit très-peu de choſe, à ce que lui avoit apporté ma mere, qui n'étoit preſque rien ; & le tout ſans reſſource du côté de ſa belle-mere, qui n'avoit qu'un bien médiocre, qui depuis un an s'étoit épuiſée pour marier ſon fils aîné, & qui étoit encore chargée de trois enfans avec qui elle ne ſubſiſtoit que par une extrême économie.

Ainſi, vous voyez bien, Marianne, que juſqu'ici je n'en étois guéres plus avancée, d'avoir un pere & une mere. Le premier ne vécut pas long-tems. Un jeune Gentilhomme de ſon âge qui alloit à Paris, d'où il devoit joindre ſon Régiment, l'emmena avec lui, & en fit un Officier de ſa Compagnie.

C'eſt ici où finit ſon hiſtoire, auſſi-bien

bien que ſa vie, qu'il perdit dès ſa première Campagne.

Il me reſte encore une mere, j'ai encore une famille & des parens, & vous allez ſavoir à quoi ils me ſerviront.

Ma mere eſt donc veuve. Je ne ſais ſi je vous ai dit qu'elle étoit belle, & ce qui vaut encore mieux, que c'étoit une des plus aimables femmes de la Province; ſi aimable, que malgré ſon peu de fortune, & l'enfant dont elle étoit chargée, (je parle de moi) il n'avoit tenu qu'à elle de ſe remarier, & méme aſſez avantageuſement. Mais mon pere alors lui étoit encore trop cher, elle en gardoit un reſſouvenir trop tendre, & elle n'avoit pu ſe réſoudre à vivre pour un autre.

Cependant un Grand Seigneur de la Cour, qui avoit une Terre conſidérable dans notre voiſinage, vint y paſſer quelque tems; il vit ma mere, il l'aima: c'étoit un homme de quarante ans, de très-bonne mine; & cet Amant bien plus diſtingué que tous ceux qui s'étoient préſentez, & dont l'amour avoit quelque choſe de bien flateur, commença d'abord par amuſer ſa vanité, la fit reſſouvenir qu'elle étoit belle, & finit inſen-

insensiblement par lui faire oublier son premier mari, & par obtenir son cœur. Il lui offrit sa main, & elle l'épousa. Je n'avois encore qu'un an & demi tout au plus.

Voilà donc la situation de ma mere bien changée; la voilà devenue une des plus grandes Dames du Royaume; mais aussi la voilà perdue pour moi. Trois semaines après son mariage, je n'eus plus de mere; les honneurs & le faste qui l'environnoient, me dérobérent sa tendresse, ne laissérent plus de place pour moi dans son cœur; & cette petite fille auparavant si chérie, qui lui représentoit mon pere à qui je ressemblois; cette enfant qui lui adoucissoit l'idée de sa mort, qui quelquefois, disoit-elle, le rendoit comme présent à ses yeux, & lui aidoit à se faire accroire qu'il vivoit encore, (car c'étoit-là ce qu'elle avoit dit cent fois,) cette enfant ne fut presque pas moins oubliée qu'il l'étoit lui-même, & devint à peu près comme une orpheline.

Une grossesse vint encore me nuire, & acheva de distraire ma mere de l'attention qu'elle me devoit.

Elle m'abandonna aux soins de la Concierge du Château: il se passoit des quinze jours entiers ſans qu'elle demandât de mes nouvelles ; & vous penſez bien que mon beau-pere ne ſongeoit pas à la tirer de ſon indifférence à cet égard.

Je vous parle de mon enfance, parce que vous m'avez conté la vôtre.

Cette Concierge avoit de petites filles à peu près de mon âge, à qui elle partageoit, ou plutôt à qui elle donnoit ce qu'elle demandoit pour moi au Château; & comme elle ſe voyoit là-deſſus à ſa diſcrétion, qu'on ne veilloit point ſur ſa conduite, il lui auroit fallu des ſentimens bien nobles & bien au-deſſus de ſon état, pour me traiter auſſi-bien que ſes enfans, & pour ne pas abuſer en leur faveur du peu de ſouci qu'on avoit de moi.

Madame de Treſle (je parle de ma grande-mere) qui ne demeuroit qu'à trois lieuës de nous, & qui ne ſe doutoit pas que cette chere enfant, que cette petite de Tervire fût ſi délaiſſée, qui quelque tems auparavant m'avoit vûe les délices de ſa fille, & qui m'aimoit en véritable grande-mere, vint un jour pour dîner avec Monſieur le Marquis de...... ſon gendre, & il y avoit deux mois qu'elle n'étoit venue.

Quand

Quand elle arriva, j'étois à l'entrée de la cour du Château, assise à terre où l'on m'avoit mise en fort mauvais ordre.

Au linge que je portois, à ma chaussure, au reste de mes vêtemens délabrez, & peut-être changez, il étoit difficile de me reconnoître pour la fille de la Marquise.

Aussi Madame de Tresle ne jetta-t-elle qu'un regard indifférent sur moi; & voyant à quelques pas de-là une autre petite fille mieux habillée & plus soignée, qu'on avoit assise dans une de ces chaises basses qui servent aux enfans: C'est donc-là Mademoiselle de Tervire? dit-elle à une servante de la Concierge qui étoit près de nous. Non, Madame, lui répondit cette fille; la voilà qui se porte bien, ajouta-t-elle en me montrant.

Et en effet, toute mal arrangée que j'étois, avec un bonnet déchiré, & des cheveux épars, j'avois l'air du monde le plus frais & le plus sain; mais aussi je n'étois parée que de ma santé, elle faisoit toutes mes graces.

Quoi! c'est-là ma fille! c'est dans cet état-là qu'on la laisse! s'écria Madame de Tresle avec une tendresse indignée de l'abandon où elle me voyoit.

voyoit. Allons, venez, qu'on me ſuive tout-à-l'heure, prenez cette enfant dans vos bras , & montez avec moi au Château ?

Il fallut que la ſervante obéît , & me portât juſqu'à l'appartement de ma mere, que ſes femmes alloient coëffer quand nous entrâmes.

Ma fille, lui dit en entrant Madame de Treſle, on veut me perſuader que cette enfant-ci eſt Mademoiſelle de Tervire ? & cela ne ſauroit être ! On ne ramaſſeroit pas les hardes qu'elle a ! & ce n'eſt , ſans doute , que quelque miſérable orpheline que la femme de votre Concierge a retirée par charité, n'eſt-ce pas ?

Ma mere rougit ; cette façon de lui reprocher ſa conduite à mon égard , avoit quelque choſe de ſi vif ; c'étoit lui reprocher avec tant de force qu'elle me traitoit en marâtre, & qu'elle manquoit d'entrailles , que l'apoſtrophe la déconcerta d'abord , & puis la fâcha.

Il y a trois jours, dit-elle, que je ſuis indiſpoſée, & que je ne vois rien de ce qui ſe paſſe : retirez-vous, & que cette impertinente de Concierge vienne me parler tantôt, ajouta-t-elle à cette ſervante d'un ton qui marquoit plus

plus de colére contre moi, que contre celle qu'elle appelloit impertinente.

Madame de Tresle, à qui mon attirail tenoit au cœur, ne fut pas plutôt tête-à-tête avec elle, qu'elle lui témoigna, sans ménagement, toute la pitié que je lui faisois : elle ne lui parla plus qu'avec larmes de l'état où elle me trouvoit, & qu'avec effroi de celui où elle prévoyoit que je tomberois infailliblement dans les suites.

Ma grande-mere étoit naturellement vive ; il n'y avoit point de femme qui fût plus au fait de la matière dont il étoit question, ni qui pût la traiter de meilleure foi, ni avec plus d'abondance de sentimens.

C'étoit de ces meres de famille qui n'ont de plaisir & d'occupation que leurs devoirs, qui les respectent, qui mettent leur propre dignité à les remplir, qui en aiment la fatigue & l'austérité, & qui dans leur maison ne se délassent d'un soin que par un autre. Jugez si avec ce caractére-là elle devoit être contente de ma mere ?

Je ne sais comment elle s'expliqua ; mais rarement on sert bien ceux qu'on aime trop. Elle s'emporta peut-être,

& les reproches durs ne réussissent point; ce sont des affronts qui ne corrigent personne, & nos torts disparoissent dès qu'on nous offense. Aussi ma mere trouva-t-elle Madame de Tresle fort injuste : il est vrai que je n'aurois pas dû être si mal habillée; mais c'est que la Concierge qui étoit ma gouvernante, avoit différé ce matin-là de m'ajuster comme à l'ordinaire, & il n'y avoit pas là de quoi faire tant de bruit.

Quoi qu'il en soit, Madame de Tresle, qui depuis raconta ce fait-là à plusieurs personnes de qui je le tiens, s'apperçut bien qu'elle m'avoit nui, & que ma mere nous en vouloit à elle & à moi de ce qui s'étoit passé.

Trois semaines après, le Marquis qui avoit dessein d'emmener sa femme à Paris, avant que sa grossesse fût plus avancée, reçut des nouvelles qui hâterent son voyage. Et comme dans un départ si brusque, ma mere n'avoit pas eu le tems de s'arranger, qu'elle n'emmenoit qu'une de ses femmes avec elle, il avoit été conclu que trois jours après je viendrois plus à l'aise & dans un bon équipage avec ses autres femmes; & il n'y avoit rien à redire à cela. Madame de Tresle à qui on avoit

avoit promis de me porter chez elle la veille de notre départ, & qui vit qu'on n'en avoit rien fait, alloit envoyer au Château pour savoir ce qui avoit empêché qu'on ne lui eût tenu parole, quand on lui annonça la Concierge, qui lui dit que j'étois restée, que les femmes de ma mere m'avoient trouvée si malade, qu'elles n'avoient pas osé me mettre en voyage, & m'avoient laissée chez elle, conformément aux ordres de Madame la Marquise, qui avoit expressément défendu qu'on risquât de me faire partir au cas de quelque indisposition, & que j'étois actuellement au lit avec un grand rhume & une toux très-violente.

Et c'est à vous à qui on l'a confiée! répondit Madame de Tresle qui lui tourna le dos, & qui dès le soir même me fit transporter chez elle, où j'arrivai parfaitement guérie de ce rhume & de cette toux qu'on avoit alléguez, & que ma mere avoit, dit-on, imaginé pour n'avoir pas l'embaras de me mener avec elle; bien persuadée d'ailleurs que Madame de Tresle ne souffriroit pas que je fisse un long séjour chez la Concierge, & ne manqueroit pas de m'en retirer. Aussi cette Dame lui en écrivit-elle dans ce ſens-là de la manière du monde la plus vive.

Vous avez tant aimé Monſieur de Tervire, vous l'avez tant pleuré, lui diſoit-elle, & vous l'outragez aujourd'hui dans le ſeul gage qui vous reſte de ſon amour. Il ne vous a laiſſé qu'une fille, & vous refuſez d'être ſa mere. C'eſt à préſent, par ma tendreſſe, que vous vous délivrez d'elle: quand je n'y ſerai plus, vous voudrez vous en délivrer par la pitié des autres.

Ma mere qui étoit parvenue à ſes fins, ſouffrit patiemment l'injure qu'on faiſoit à ſon cœur, ſe contenta de nier qu'elle eût eu le moindre deſſein de me tenir loin d'elle, envoya du linge pour moi avec des étoffes pour m'habiller, aſſura Madame de Treſle qu'elle me feroit venir à Paris dès qu'elle ſeroit accouchée.

Mais elle ne s'y engageoit apparemment que pour gagner du tems; du moins après ſes couches ne fut-il plus mention de ſa promeſſe, qu'elle éluda dans ſes lettres, par ſe plaindre d'une ſanté toujours infirme qui lui étoit reſtée, qui la retenoit le plus ſouvent au lit, & qui la rendoit incapable de la plus légére attention à tous égards.

Je

Je n'ai pas la force de penser, difoit-elle ; & vous jugez bien que dans cet état-là, avec une tête aussi foible qu'elle disoit l'avoir, il n'y avoit pas moyen de lui proposer la fatigue de me voir auprès d'elle. Mais heureusement le cœur de Madame de Tresle s'échauffoit pour moi, à mesure que celui de ma mere m'abandonnoit.

Elle acheva si bien de m'oublier, qu'elle n'écrivit plus que rarement, qu'elle cessa même de parler de moi dans ses lettres, qu'à la fin elle ne donna plus de ses nouvelles, qu'elle ne m'envoya plus rien, & qu'au bout de deux ans & demi, il ne fut pas plus question de moi dans sa mémoire, que si je n'avois jamais été au monde.

De-sorte que je n'y étois plus que pour Madame de Tresle ; son cœur étoit la seule fortune qui me restât. Indifférente aux parens que j'avois dans le Pays, inconnue à ceux que j'avois dans d'autres Provinces, incommode à mes deux tantes, avec qui je demeurois, (j'entens les deux filles de Madame de Tresle) & même haïe d'elles, en conséquence des attentions que leur mere avoit pour moi ; vous sentez qu'en de pareilles circonstances, &

dans ce petit coin de campagne où j'étois comme enterrée, ma vie ne devoit intéresser personne.

Ce fut ainsi que je passai mon enfance, dont je ne vous dirai plus rien, & que j'arrivai jusqu'à l'âge de douze ans & quelques mois.

Dans l'intervalle, ces tantes dont je viens de parler, quoiqu'assez laides, & toutes deux les sujets du monde les plus minces du côté de l'esprit & du caractére trouvérent cependant deux Gentilshommes des environs, qui étoient en hommes ce qu'elles étoient en femmes, qui avoient dequoi vivre, tantôt bien, tantôt mal, & qui les épousérent avec ce qu'on appelloit leur légitime, qui consistoit en quelques parts de vignes, de prez, & d'autres terres; desorte que je restai seule dans la maison avec Madame de Tresle, dont le fils aîné demeuroit à plus de quinze lieuës de nous depuis qu'il étoit marié, & dont le cadet attaché au jeune Duc de....... son Colonel, ne le quittoit point, & ne revenoit presque jamais au Pays.

Et pendant tout ce tems là, que disoit ma mere? Rien; nous n'entendions plus parler d'elle, ni elle de nous. Ce n'est pas que je ne demandasse quelquefois

fois ce qu'elle faiſoit, & ſi elle ne viendroit pas nous voir ; mais, comme ces queſtions-là m'échapoient en paſſant, que je les faiſois étourdiment & à la légére, Madame de Treſle n'y répondoit qu'un mot dont je me contentois, & qui ne me mettoit point au fait de ſes diſpoſitions pour moi.

Enfin arriva le tems qui me dévoila ce que l'on me cachoit. Madame de Treſle qui étoit fort âgée, tomba malade, ſe rétablit un peu, & n'étoit plus que languiſſante ; mais ſix ſemaines après elle eut une rechûte qui l'emporta.

L'état où je la vis dans ce dernier accident, me rendit ſérieuſe, j'en perdis mon étourderie, ma diſſipation ordinaire, & cet eſprit de petite fille que j'avois encore. En un mot, je m'inquiétai, je penſai, & ma première penſée fut de la triſteſſe, ou du chagrin.

Je pleurois quelquefois par des motifs confus d'inquiétude. Je voyois Madame de Treſle mal ſervie par les domeſtiques qui la regardoient comme une femme morte : j'avois beau les preſſer d'agir, d'être attentifs, ils ne m'écoutoient point, ils ne ſe ſoucioient plus

plus de moi, & je n'ofois moi-même me révolter, ni faire valoir ma petite autorité comme auparavant ; ma confiance baiffoit, je ne fais pourquoi.

Mes deux tantes venoient de tems en tems à la maifon, & elles y dînoient fans me faire aucune amitié, fans prendre garde à mes pleurs, fans me confoler ; & fi elles me parloient, c'étoit d'un ton diftrait & fec.

Madame de Trefle même s'en appercevoit ; elle en étoit touchée, & les en reprenoit avec une douceur que je remarquois auffi, qui me contriftoit, & qu'elle n'auroit pas eue autrefois. Il fembloit qu'elle voulût les gagner, qu'elle leur demandoit grace pour moi ; & tout cela me frappoit comme une chofe de mauvais augure, comme une nouveauté qui me menaçoit de quelque difgrace à venir, de quelque fituation fâcheufe ; & fi je ne raifonnois pas là-deffus auffi diftinctement que je vous le dis, du moins en prenois-je une certaine épouvante qui me rendoit muette, humble & timide. Vous favez bien qu'on a du fentiment avant que d'avoir de l'efprit ; fans compter que Madame de Trefle, quand fes filles étoient parties, m'éclairoit encore par fes manières.

Elle

Elle m'appelloit, me faiſoit avancer, me prenoit les mains, me parloit avec une tendreſſe plus marquée que de coutume : on eût dit qu'elle vouloit me raſſurer, m'ôter mes allarmes, & me tirer de cette humiliation d'eſprit dans laquelle elle ſentoit bien que j'étois tombée.

Quelques jours auparavant, il étoit venu une Dame de ſes voiſines, ſon intime amie, à qui elle voulut parler en particulier. Il y avoit dans ſa chambre un petit cabinet où je paſſai, & je ne ſais par quelle curioſité tendre & inquiéte je m'aviſai d'écouter leur converſation.

Cette enfant m'afflige, lui diſoit Madame de Treſle : ce ne ſeroit que pour elle que je ſouhaiterois de vivre encore quelque tems ; mais Dieu eſt le maître, il eſt le pere des orphelins. Avez-vous eu la bonté, ajouta-t-elle, de parler à Monſieur Villot ? (C'étoit un riche habitant du Bourg voiſin, qui avoit été plus de trente ans Fermier de feu Monſieur de Tervire, mon grand pere - que ſon maître avoit toujours eſtimé, & qui avoit gagné la meilleure partie de ſon bien à ſon ſervice.)

Oui, lui dit ſon amie, j'ai été chez lui

lui ce matin, il s'en alloit à la Ville où il a affaire pour un jour ou deux; il se conformera à ce que vous lui demandez, & viendra vous en assurer à son retour : tranquillisez-vous. Mademoiselle de Tervire n'est point orpheline comme vous le pensez; espérez mieux de sa mere. Il est vrai qu'elle l'a négligée; mais elle ne la connoît point, & elle l'aimera dès qu'elle l'aura vûe.

Quelque bas qu'elles parlassent, je les entendis, & le terme d'orpheline m'avoit d'abord extrêmement surprise. Que pouvoit-il signifier, puisque j'avois une mere, & que même on parloit d'elle ? Mais ce qu'avoit répondu l'amie de Madame de Tresle, me mit au fait, & m'apprit qu'apparemment cette mere que je ne connoissois pas, ne se soucioit point de sa fille. Ce fut là les premiéres nouvelles que j'eus de son indifférence pour moi, & j'en pleurai amérement, j'en demeurai consternée, toute petite fille que j'étois encore.

Six jours après ce que je vous dis-là, Madame de Tresle baissa tant, qu'on fit partir un domestique pour avertir ses filles, qui la trouvérent morte quand elles arrivérent.

Le

Le fils aîné, celui que j'ai dit qui demeuroit à quinze lieuës de-là, dans la Terre de sa femme, étoit alors avec elle à Paris, où une affaire l'avoit obligé d'aller ; & le cadet étoit dans je ne sais quelle Province avec son Régiment; ainsi dans cette occurrence, il n'y eut que leurs sœurs de présentes, & je dépendis d'elles.

Elles restérent quatre ou cinq jours à la maison, tant pour rendre les derniers devoirs à leur mere, que pour mettre tout en ordre dans l'absence de leurs freres. Je crois qu'il y eut un inventaire ; du moins des gens de Justice y furent-ils appellez. Madame de Tresle avoit fait un testament. Il y avoit quelques petits legs à acquiter ; & mes tantes prétendoient d'ailleurs avoir des reprises sur le bien.

Figurez-vous des discussions, des débats entre les sœurs, qui tantôt se querellent, & tantôt se réunissent contre un homme à qui leur frere aîné, informé de la maladie de sa mere, avoit envoyé sa procuration de Paris.

Imaginez-vous enfin tout ce que l'avarice & l'amour du butin peuvent exciter de criailleries & d'agitations indécentes entre des enfans qui n'ont point

de

de sentiment, & à qui la mort de leur mere ne laisse, au lieu d'affliction, que de l'avidité pour sa dépouille? Voilà l'image de ce qui arriva alors.

Où étois-je pendant tout ce fracas ? Dans une petite chambre où l'on m'avoit reléguée à cause de mes pleurs & de mes gémissemens, qui étourdissoient les deux filles, & que je n'osai en effet continuer long-tems. L'excès de ma douleur la rendit bien-tôt solitaire & muette, sur-tout depuis qu'elles sûrent que Madame de Tresle m'avoit laissé un diamant d'environ deux mille francs, qu'une de ses amies lui avoit autrefois donné en mourant, & qu'elles furent obligées de délivrer au Confesseur de leur mere, qui devoit me le remettre : ce diamant les avoit outrées contre moi, elles ne pouvoient pas me voir.

Comment est-il possible, disoient-elles, que notre mere nous ait moins aimées que cette petite fille ! N'est-il pas bien étonnant que ceux qui l'ont dirigée, n'aient pas redressé ses sentimens, ni travaillé à lui en inspirer de plus naturels & de plus légitimes? Jugez si cette petite fille auroit bien fait de se montrer? Aussi ne les ai-je jamais oubliez, ces quatre jours que je pas-

paſſai avec elles, & que j'y paſſai dans les larmes.

Oui, Marianne, croiriez-vous que je n'y ſonge encore qu'en frémiſſant, à cette maiſon ſi déſolée, où je n'étois plus rien pour qui que ce ſoit, où je me trouvois ſeule au milieu de tant de perſonnes, où je ne voyois plus que des viſages la plupart ennemis, quelques-uns indifférens, & tous alors plus étrangers pour moi que ſi je ne les euſſe jamais vûs? car voilà l'impreſſion qu'ils me faiſoient. Conſidérez-moi dans cette chambre où l'on m'avoit miſe à l'écart, où je me ſauvois de la rudeſſe & de l'averſion de mes tantes, où me retenoit l'effroi de paroître à leurs yeux, & où je tremblois ſeulement en entendant leur voix.

Je croyois dépendre du caprice ou de l'humeur de tout le monde, il n'y avoit perſonne dans la maiſon, pas un domeſtique, à qui je ne m'imaginaſſe avoir obligation de ce qu'il ne me mépriſoit ou ne me rebutoit pas; & vous devez, ma chere Marianne, juger mieux qu'une autre, combien je ſouffris, moi que rien n'avoit préparée à cette étrange ſorte de miſére, moi qui n'avois pas la moindre idée de ce qu'on ap-

appelle peine d'efprit, & qui fortois d'entre les mains d'une grand-mere qui m'avoit amolli le cœur par fes tendreffes.

Ce ne font pas-là de ces chagrins violens où l'on s'agite, où l'on s'emporte, où l'on a la force de fe defefpérer ; c'eft encore pis que cela, ce font de ces trifteffes retirées dans le fond de l'ame, qui la flétriffent, & qui la laiffent comme morte : on n'eft qu'épouvantée de n'appartenir à perfonne ; mais on fe fent comme anéantie en préfence de tels parens.

Enfin, ma fituation changea, il n'y avoit plus rien à difcuter, & le quatrième jour de la mort de Madame de Trefle, mes tantes fongérent à s'en retourner chez elles avec leurs maris qui les étoient venus prendre.

Un vieux & ancien domeftique qui s'étoit marié chez Madame de Trefle, & qui logeoit dans la baffe-cour avec toute fa famille, de Vigneron qu'il étoit, fut établi Concierge de la maifon, en attendant qu'on eût levé les fcellez.

Cet homme fe reffouvint que j'étois enfermée dans cette petite chambre. Vous ne pouvez pas demeurer ici, puifpuiſqu'il n'y demeurera plus perſonne, me dit-il ; allons, venez dans la ſalle où l'on déjeûne.

Il fallut bien l'y ſuivre malgré moi, & ſans ſavoir ce que j'allois devenir. Je n'y entrai qu'en tremblant, la tête baiſſée, avec un viſage pâle & déja maigri, avec du linge & des habits froiſſez, pour avoir paſſé deux nuits ſur mon lit ſans m'être deshabillée, & cela par pur découragement, & parce qu'auſſi qui que ce ſoit ne s'aviſoit le ſoir de venir voir ce que je faiſois.

Je n'oſois lever les yeux ſur ces deux redoutables ſœurs, j'étois à leur merci, je n'avois la protection de perſonne ; & depuis que j'avois perdu Madame de Treſle, je ne m'étois pas encore ſentie ſi privée d'elle, que dans cet inſtant où je parus devant ſes filles.

Et à propos, nous n'avons point encore ſongé à cette petite fille, dit alors la cadette du plus loin qu'elle m'apperçut : qu'en ferons-nous donc, ma ſœur ? Car pour moi, je vous dirai naturellement que je ne ſaurois me charger d'elle : ma belle-ſœur & ſes deux enfans ſont actuellement chez moi, & j'ai aſſez de mes autres embaras ſans celui-là.

 Moi,

Moi, aſſez des miens, repartit l'aînée: on rebâtit ma maiſon, il y en a une partie d'abattue, où la mettrois-je? Eh bien, répondit l'autre, où eſt la difficulté? Il n'y a qu'à la laiſſer chez ce bon-homme (c'étoit le Vigneron qu'elle vouloit dire) dont la femme en aura ſoin, & qui la gardera en attendant qu'on ait réponſe de ſa mere, à qui nous écrirons, qui enverra apparemment de l'argent, quoiqu'il n'en ſoit jamais venu de chez elle, & qui diſpoſera de ſa fille comme il lui plaira: je ne vois point d'autre arrangement, dès que nous ne pouvons pas l'emmener, & qu'il n'y a point d'autres parens ici. Je ne ſuis pas d'avis qu'il m'en arrive autant qu'à ma mere, à qui la Marquiſe, toute grande Dame & toute riche qu'elle eſt, n'a pas eu honte de la laiſſer pendant dix ans entiers, qui pour ſurcroît de ridicule, ont fini par un legs de mille Ecus (elle parloit du diamant). Jugez-en, Marianne; voyez ſi l'on pouvoit, moi préſente, me rejetter avec plus d'inſulte, ni traiter de ma ſituation avec moins d'humanité, ni me la montrer avec moins d'égard pour la foibleſſe de mon âge.

Auſſi

Aussi en eus-je l'esprit troublé. Cet azyle qu'on me refusoit, celui qu'on me reprochoit d'avoir trouvé chez Madame de Tresle ; ce misérable gîte qu'on me destinoit dans le lieu même où j'avois été si heureuse, où Madame de Tresle m'avoit tant aimée, où je me dirois sans cesse : Où est-elle ; où je croirois toujours la voir, & toujours avec la douleur de ne la voir jamais ; enfin ce recit qu'on me faisoit en passant du peu d'intérêt que ma mere prenoit à moi ; tout cela me pénétra si fort qu'en m'écriant : Ah ! mon Dieu ! mon visage à l'instant fut couvert de larmes.

Pendant qu'on délibéroit ainsi sur ce qu'on feroit de moi, Monsieur Villot, cet ancien Fermier de mon grand-pere, & à qui Madame de Tresle avoit écrit, entra dans la salle. Je le connoissois, je l'avois vû venir souvent à la maison pour des achats de bled ; & l'air plein de zéle & de bonne volonté avec lequel il jetta d'abord les yeux sur moi, m'engagea subitement & sans réflexion à avoir recours à lui.

Hélas ! lui dis-je, Monsieur Villot, vous qui étiez notre ami, menez-moi chez vous pour quelques jours : souvenez-vous de Madame de Tresle, & ne me laissez pas ici, je vous en conjure.

Eh vraiment, Mademoiselle, je n'arrive ici que pour vous emmener : c'est Madame de Tresle qui m'en a chargé en mourant, par la letrre que voici, & que je n'ai reçu que ce matin en revenant de la Ville; ainsi je vous conduirai tout-à-l'heure à notre Bourg, si ces Dames y consentent, & ce sera bien de l'honneur à moi de vous rendre ce petit service, après les obligations que j'ai à feu Monsieur de Tervire, mon bon maître, & à votre grand-pere, que nous avons bien pleuré ma femme & moi, & pour qui nous prions Dieu encore tous les jours. Il n'y a qu'à venir, Mademoiselle; nous nous estimerons bien heureux de vous avoir à la maison, & nous vous y porterons autant de respect que si vous étiez chez vous, ainsi qu'il est juste.

Volontiers, dit alors une de mes tantes, n'est-ce pas ma sœur? elle sera là chez de fort honnêtes-gens, & nous pouvons la leur confier en toute sûreté. Oui, Monsieur Villot, on vous la laisse avec plaisir, emmenez-la: j'écrirai dès aujourd'hui à sa mere la bonne volonté que vous avez marquée, afin que vous

n'y

n'y perdiez pas, & qu'elle ſe hâte de vous débaraſſer de ſa fille.

Ah ! Madame, lui répondit ce galant-homme, ce n'eſt pas le gain que j'y prétens faire qui me mène ; je n'y ſonge pas. Pour ce qui eſt de l'embaras, il n'y en aura point : ma femme ne quitte jamais ſon ménage, & nous avons une chambre fort propre, qui eſt toujours vuide, excepté quand mon gendre vient au Bourg ; mais il couchera ailleurs : il n'eſt que mon gendre ; & la jeune Demoiſelle ſera la maîtreſſe du logis, juſqu'à ce que ſa mere la reprenne.

Je m'approchai alors de Monſieur Villot, pour lui témoigner combien j'étois ſenſible à ce qu'il diſoit ; & de ſon côté, il me fit une révérence à laquelle on reconnoiſſoit le Fermier de mon grand-pere.

Allons, voilà qui eſt décidé, dit alors la cadette, adieu, Monſieur Villot ; qu'on aille chercher la caſſette de cette petite fille, il ſe fait tard, nos équipages ſont prêts, il n'y a qu'à partir. Tervire, (c'étoit à moi à qui elle s'adreſſoit) donnez demain de vos nouvelles à votre mere. On vous reverra un de ces jours, entendez-vous ?

Soyez bien raiſonnable, ma fille. Nous vous la recommandons, Monſieur Villot.

Là-deſſus elles prirent congé de tout le monde, paſſérent dans la cour, ſe mirent chacune dans leur voiture, & partirent ſans m'embraſſer: elles venoient de s'épuiſer d'amitié pour moi dans les dernieres paroles que venoit de me dire la cadette, & que l'aînée étoit cenſée avoir dites auſſi.

Je fus un peu ſoulagée dès que je ne les vis plus, je reſpirai, je ſentis une affliction de moins. On chargea un Payſan de mon petit bagage, & nous partîmes à notre tour Monſieur Villot & moi.

Non, Marianne, quelque choſe que je vous aie dit juſqu'ici de mes détreſſes, je ne me ſouviens point d'avoir rien éprouvé de plus triſte que ce qui ſe paſſa dans mon cœur en cet inſtant.

Nous qui ſommes bornées en tout, comment le ſommes-nous ſi peu quand il s'agit de ſouffrir? Cette maiſon où je croyois ne pouvoir demeurer ſans mourir, je ne pus la quitter ſans me ſentir arracher l'ame: il me ſembla que j'y laiſſois ma vie; j'expirois à chaque pas que je faiſois pour m'éloigner d'elle;

je

je ne respirois qu'en soupirant. J'étois cependant bien jeune ; mais quatre jours d'une situation comme étoit la mienne, avancent bien le sentiment, ils valent des années.

Mademoiselle, me disoit le Fermier, qui avoit presqu'envie de pleurer lui-même, marchons, ne retournez point la tête, & gagnons vîte le logis ; votre grand-mere nous aimoit, c'est comme si c'étoit elle.

Et pendant qu'il me parloit, nous avancions. Je me retournois encore, & à force d'avancer, elle disparut à mes yeux, cette maison que je n'aurois voulu, ni habiter, ni perdre de vûë.

Enfin, nous entrâmes dans le Bourg, & me voici chez Monsieur Villot avec sa femme, que je ne connoissois point, & qui me reçut avec l'air & les façons dont j'avois besoin dans l'état où j'étois. Je ne me trouvai point étrangere avec elle, on est tout d'un coup lié avec les gens qui ont le cœur bon, quels qu'ils soient ; ce sont comme des amis que vous avez dans tous les états.

Ce fut ainsi que je fus accueillie, & le premier avantage que j'en retirai, fut d'être délivrée de cette crainte stu-

 pide,

pide, de cet abattement d'esprit où j'avois langui jusques-là; j'osai du moins alors pleurer & soupirer à mon aise.

Mes tantes avoient réduit ma douleur à se taire, le zéle & les caresses de ces gens-ci la mirent en liberté; cela la rendit plus tendre, par conséquent plus douce, & puis la dissipa insensiblement, à l'attendrissement près qui me resta en songeant à Madame de Tresle, & que j'ai encore quand je parle d'elle.

J'avois écrit à ma mere, & il y avoit toute apparence que Monsieur Villot ne me garderoit que dix ou douze jours, & point du tout; ma mere m'écrivit en quatre lignes de rester chez lui, sous prétexte d'avoir un voyage à faire avec son mari, & de m'emmener ensuite à Paris avec elle.

Mais ce voyage qu'elle remettoit de mois en mois, ne se fit point, & le tout se termina par me marquer bien franchement, qu'elle ne savoit plus quand elle viendroit, mais qu'elle alloit prendre des arrangemens pour me faire venir à Paris. Ce qui n'eut aucun effet non plus, malgré la quantité de lettres dont je la fatiguai depuis, & auxquelles elle ne répondit point; de façon

çon que je me laſſai moi-même de lui écrire, & que je reſtai chez ce Fermier auſſi abandonnée que ſi je n'avois point eu de famille, à quelque argent près qu'on envoyoit rarement pour m'habiller, avec une petite penſion qu'on payoit pour moi, & dont la médiocrité n'empêchoit pas mes généreux hôtes de m'aimer de tout leur cœur, & de me reſpecter en m'aimant.

De mes tantes, je ne vous en parle point, je ne les voyois, tout au plus, que deux fois par an.

J'avois quatre ou cinq compagnes dans le Bourg & aux environs; c'étoit des filles de Bourgeois du lieu, avec qui je paſſois une partie de la journée, ou les filles de quelques Gentilshommes voiſins, & dont les meres m'emmenoient quelquefois dîner chez elles, quand le Fermier qui avoit affaire à leurs maris, devoit venir me reprendre.

Les Demoiſelles (j'entens les filles nobles) en qualité de mes égales, m'appelloient Tervire, & me tutoyoient, & s'honoroient un peu, ce me ſemble, de cette familiarité, à cauſe de Madame la Marquiſe ma mere.

Les Bourgeoiſes un peu moins hardies,

dics, malgré qu'elles en euſſent, uſoient de fineſſe pour ſauver leur petite vanité, & me donnoient un nom qui paroiſſoit les mettre au pair; j'étois ma chere amie pour elles. C'eſt une remarque que je fais en paſſant pour vous amuſer.

Voilà comment je vécus juſqu'à l'âge de près de dix-ſept ans.

Il y avoit alors à un petit demi-quart de lieuë de notre Bourg, un Château où j'allois aſſez ſouvent. Il appartenoit à la veuve d'un Gentilhomme qui étoit mort depuis dix ou douze ans. Elle avoit été autrefois une des compagnes de ma mere & ſa meilleure amie: je penſe auſſi qu'elles avoient été mariées à peu près dans le même tems, & qu'elles s'écrivoient quelquefois.

Cette veuve pouvoit avoir alors environ quarante ans, femme bien faite & de bonne mine, & à qui ſa fraîcheur & ſon embonpoint laiſſoient encore un aſſez grand air de beauté; ce qui joint à la vie régulière qu'elle menoit, à des mœurs qui paroiſſoient auſtéres, & à ſes liaiſons avec tous les dévôts du Pays, lui attiroit l'eſtime & la vénération de tout le monde, d'autant plus qu'une belle femme édifie plus qu'uqu'une autre, quand elle eſt pieuſe, parce qu'ordinairement elle a beſoin d'un plus grand effort pour l'être.

Il y avoit bien quelques perſonnes dans nos cantons qui n'étoient pas abſolument ſûres de cette grande piété qu'on lui croyoit.

Parmi les dévots qui alloient ſouvent chez elle, on remarquoit qu'il y avoit toujours eu quelques jeunes-gens, ſoit ſéculiers, ſoit eccléſiaſtiques ou Abbez, & toujours bien faits. Elle avoit d'ailleurs de grands yeux aſſez tendres: ſa façon de ſe mettre, quoique ſimple & modeſte, avoit un peu trop bonne grace, & les gens dont je viens de parler, ſe défioient de tout cela; mais à peine oſoient-ils montrer leur défiance, dans la crainte de paſſer pour de mauvais eſprits.

Cette veuve avoit écrit à ma mere que je la voyois ſouvent, & il eſt vrai que j'aimois ſa douceur & ſes manieres affectueuſes.

Vous vous reſſouvenez que je n'avois pas de bien. Ma mere qui ne ſavoit que faire de moi, & qui auroit ſouhaité que je ne vinſſe jamais à Paris, où je n'aurois pu prendre les airs d'une fille de condition, ni vivre convenablement

à

à ſa vanité, & au rang qu'elle y tenoit, lui témoigna combien elle lui feroit obligée, ſi elle pouvoit adroitement m'inſpirer l'envie d'être Religieuſe. Là-deſſus la veuve entreprend d'y réuſſir.

La voilà qui donne le mot à toute cette ſociété de gens de bien, afin qu'ils concourent avec elle au ſuccès de ſon entrepriſe : elle redouble de careſſes & d'amitié pour moi ; & il eſt vrai qu'une fille de mon âge, & d'une auſſi jolie figure qu'on diſoit que je l'étois, ne lui auroit pas fait peu d'honneur de s'aller jetter dans un Couvent au ſortir de ſes mains.

Elle me retenoit preſque tous les jours à ſouper, & même à coucher chez elle ; à peine pouvoit-elle ſe paſſer de me voir depuis le matin juſqu'au ſoir. Monſieur & Madame Villot étoient charmez de mon attachement pour elle, ils m'en louoient, ils m'en eſtimoient encore davantage, & tout le monde penſoit comme eux : je m'affectionnois moi-même aux éloges que je m'entendois donner : j'étois flatée de cet applaudiſſement général, ma dévotion en augmentoit tous les jours, & ma mine en devenoit plus auſtére.

Cet-

Cette femme m'aſſocioit à tous ſes pieux exercices, m'enfermoit avec elle pour de ſaintes lectures, m'emmenoit à l'Egliſe & à toutes les prédications qu'elle couroit; je paſſois fort bien une heure ou deux aſſiſe & toute ramaſſée dans le fond d'un Confeſſionnal, où je me recueillois comme elle, ou je croyois du moins me recueillir à ſon exemple, à cauſe que j'avois l'honneur d'imiter ſa poſture.

Elle avoit ſû m'intéreſſer à toutes ces choſes par la façon inſinuante avec laquelle elle me conduiſoit.

Ma prédeſtinée, me diſoit-elle ſouvent, (car elle & ſes amis ne me donnoient point d'autre nom) que la piété d'une fille comme vous eſt un touchant ſpectacle! Je ne ſaurois vous regarder ſans louer Dieu, ſans me ſentir excitée à l'aimer.

Eh! mais ſans doute, répondoient nos amis, cette piété qui nous charme, & dont nous ſommes témoins, eſt une grace que Dieu nous fait auſſi-bien qu'à Mademoiſelle; & ce n'eſt pas pour en reſter là que vous êtes ſi pieuſe avec tant de jeuneſſe & tant d'agrémens, ajoutoit-on, cela ira encore plus loin, Dieu vous deſtine à un état plus ſaint, il vous voudra

grands

toute entiere, on le voit bien; il faut de grands exemples au monde, & vous en ferez un du triomphe de la grace.

A ces discours qui m'animoient, on joignoit des égards presque respectueux, on feignoit des étonnemens, on levoit les yeux au Ciel, d'admiration. J'étois parmi eux une personne grave & vénérable, ma présence en imposoit; & à tout âge, sur-tout à celui où j'étois, on aime à se voir de la dignité avec ceux avec qui l'on vit: c'est de si bonne heure qu'on est sensible au plaisir d'être honoré! Aussi la veuve espéroit-elle bien par-là me mener tout doucement à ses fins.

Sa maison n'étoit pas éloignée d'un Couvent de filles, où nous allions pour le moins une ou deux fois la semaine.

Elle y avoit une parente qui étoit instruite de ses desseins, & qui s'y prêtoit avec toute l'adresse monachale, avec tout le zéle mal entendu dont elle étoit capable. Je dis mal entendu; car il n'y a rien de plus imprudent, & peut-être rien de moins pardonnable que ces petites séductions qu'on employe en pareil cas, pour faire venir à une jeune fille l'envie d'être Religieuse: ce n'est pas en agir de bonne-foi avec elle; & il vaudroit

droit encore mieux lui exagérer les conséquences de l'engagement qu'elle prendra, que de l'empêcher de les voir, ou que de les lui déguiser si bien qu'elle ne les connoît pas.

Quoi qu'il en soit, cette parente de ma veuve n'oublioit rien pour me gagner, & elle y réussissoit. Je l'aimois de tout mon cœur : c'étoit une vraie fête pour moi que d'aller lui rendre visite ; & on ne sauroit croire combien l'amitié d'une Religieuse est attrayante, combien elle engage une fille qui n'a rien vû, & qui n'a nulle expérience. On aime alors cette Religieuse autrement qu'on n'aimeroit une amie du monde : c'est une espéce de passion que l'attachement innocent qu'on prend pour elle ; & il est sûr que l'habit que nous portons, & qu'on ne voit qu'à nous, que la phisionomie reposée qu'il nous donne, contribuent à cela, aussi-bien que cet air de paix qui semble répandu dans nos Maisons, & qui les fait imaginer comme un azyle doux & tranquille ; enfin, il n'y a pas jusqu'au silence qui regne parmi nous, qui ne fasse une impression agréable sur une ame neuve & un peu vive.

J'entre dans ce détail à cause de vous, à qui

à qui il peut ſervir, Marianne, & afin que vous examiniez en vous-même ſi l'envie que vous avez d'embraſſer notre état, ne vient pas en partie de ces petits attraits dont je vous parle, & qui ne durent pas long-tems.

Pour moi, je les ſentois quand j'allois à ce Couvent, & il falloit voir comme ma Religieuſe me ſerroit les mains dans les ſiennes, avec quelle ſainte tendreſſe elle me parloit & jettoit les yeux ſur moi. Après cela, venoient encore deux ou trois de ſes compagnes auſſi careſſantes qu'elle, & qui m'enchantoient par la douceur des petits noms qu'elles me donnoient, & par leurs graces ſimples & dévotes; deſorte que je ne les quittois jamais que pénétrée d'attendriſſement pour elles & pour leur Maiſon.

Mon Dieu! que ces bonnes filles ſont heureuſes! me diſoit la veuve quand nous retournions chez elle: que n'ai-je pris cet état-là! Nous venons de les laiſſer dans le ſein du repos, & nous allons retrouver le tumulte de la vie du monde.

J'en convenois avec elle; & dans les diſpoſitions où j'étois, il ne me fal-

falloit peut-être plus qu'une visite ou deux à ce Couvent pour me déterminer à m'y jetter, sans un coup de hazard qui me changea tout d'un coup là-dessus.

Un jour que ma veuve étoit indisposée, & qu'il y avoit plus d'une semaine que nous n'avions été à ce Couvent, j'eus envie d'y aller passer une heure ou deux, & je priai la veuve de me donner sa femme de chambre pour me mener. J'avois un livre à rendre à ma bonne amie la Religieuse que je demandai, & que je ne pus voir; un rhumatisme auquel elle étoit sujette, la retenoit au lit. Ce fut ce qu'elle m'envoya dire par une de ses compagnes qui venoient ordinairement me trouver au Parloir avec elle.

Celle qui me parla alors, étoit une personne de vingt-cinq à vingt-six ans, grande fille d'une figure aimable & intéressante, mais qui m'avoit toujours paru moins gaye, ou si vous voulez, plus sérieuse que les autres: elle avoit quelquefois un air de mélancolie sur le visage que l'on croyoit naturelle, & qui ne rebutoit point, qui devenoit même attendrissant par je ne sais quelle douceur qui s'y mêloit. Il me semble que je la vois encore avec ſes grands yeux languiſſans. Elle laiſſoit volontiers parler les autres, quand nous étions toutes enſemble. C'étoit la ſeule qui ne m'eût point donné de petits noms, & qui ſe contentoit de m'appeller Mademoiſelle, ſans que cela m'empêchât de la trouver auſſi affable que ſes compagnes.

Ce jour-là, elle me parut encore plus mélancolique que de coutume; & comme je ne la ſoupçonnois point de triſteſſe, je m'imaginai qu'elle ne ſe portoit pas bien.

N'êtes-vous pas malade? lui dis-je, je vous trouve un peu pâle. Cela ſe peut bien, me répondit-elle, j'ai paſſé une aſſez mauvaiſe nuit; mais ce ne ſera rien. Souhaitez-vous, ajouta-t-elle, que j'aille avertir nos Sœurs que vous êtes ici? Non, lui dis-je, je n'ai qu'une heure à reſter avec vous, & je ne demande pas d'autre compagnie que la vôtre; auſſi-bien aurai-je inceſſamment le tems de voir nos bonnes amies tout à mon aiſe, & ſans être obligée de les quitter. Comment! ſans les quitter? me dit-elle; auriez-vous deſſein d'être des nôtres?

J'y ſuis plus d'à moitié réſolue, lui réponpondis-je; & je crois que dès demain je l'écrirai à ma mere: il y a long-tems que votre bonheur me fait envie, & je veux être auſſi heureuſe que vous.

Je paſſai alors ma main à travers le parloir pour prendre la ſienne qu'elle me tendit, mais ſans répondre à ce que je lui diſois: je m'apperçus même que ſes yeux ſe mouilloient, & qu'elle baiſſoit la tête, apparemment pour me le cacher.

J'en demeurai dans un étonnement qui me rendit à mon tour quelque inſtant muette.

Dites-moi donc, m'écriai-je en la regardant, eſt-ce que vous pleurez? Eſt-ce que je me trompe ſur votre bonheur?

A ce mot de bonheur, ſes larmes redoublérent, & j'en fus touchée moi-même, ſans ſavoir ce qui l'affligeoit.

Enfin, après pluſieurs ſoupirs qui ſortirent comme malgré elle: Hélas! Mademoiſelle, me répondit-elle, gardez-moi le ſecret ſur ce que vous voyez, je vous en conjure; ne dites mes pleurs à perſonne, je n'ai pu les retenir, & je vous en confierai la cauſe: il ne vous ſera peut-être pas inutile de la ſavoir, elle peut ſervir à votre inſtruction.

Elle s'arrêta-là pour essuyer ses larmes. Achevez, lui dis-je en pleurant moi-même, & ne me cachez rien, ma chere amie : je me sens pénétrée de vos chagrins, & je regarde la confiance que vous me témoignez, comme un bienfait que je n'oublirai jamais.

Vous voulez vous faire Religieuse ? me dit-elle alors, & les caresses de nos Sœurs, l'accueil qu'elles vous font, les discours qu'elles vous tiennent, & autant qu'il me le semble, les insinuations de Madame de Sainte-Hermières (c'étoit le nom de ma veuve), tout vous y porte, & vous allez vous engager dans notre état sur la foi d'une vocation que vous croyez avoir, & que vous n'auriez peut-être pas sans tout cela ? Prenez-y garde ! J'avoue, si vous étes bien appellée, que vous vivrez tranquille & contente ; mais ne vous en fiez pas aux dispositions où vous vous trouvez, elles ne sont pas assez sûres, je vous en avertis : peut-être cesseront-elles avec les circonstances qui vous les inspirent à présent, mais qui ne font que vous les prêter ; & je ne saurois vous dire quel malheur c'est pour une fille de votre âge de s'y être trompée, ni jusqu'où qu'où ce malheur-là peut devenir terrible pour elle. Vous ne vous figurez ici que des douceurs, & il y en a sans doute; mais ce sont des douceurs particulières à notre état, & il faut être née pour les goûter. Nous avons aussi nos peines que le monde ne connoît point, & il faut être née pour les supporter. Il y a telle personne qui dans le monde auroit pu soutenir les plus grands malheurs, & qui ne trouve pas en elle de quoi soutenir les devoirs d'une Religieuse, tout simples qu'ils vous paroissent. Chacun a ses forces: celles dont on a besoin parmi nous, ne sont pas données à tout le monde, quoiqu'elles semblent devoir être bien médiocres; & j'en fais l'expérience. C'est à votre âge que je suis entrée ici. On m'y mena d'abord comme on vous y mène: je m'y attachai comme vous à une Religieuse dont je fis mon amie, ou pour mieux dire, caressée par toutes celles qui y étoient, je les aimai toutes; je ne pouvois pas m'en séparer. J'étois une cadette, toute ma famille aidoit au charme qui m'attiroit chez elles: je n'imaginois rien de si doux que d'être du nombre de ces bonnes filles qui m'aimoient tant, pour qui ma tendresse étoit une vertu, & avec qui Dieu me paroiſſoit ſi aimable, avec qui j'allois le ſervir dans une paix ſi délicieuſe. Hélas! Mademoiſelle, quelle enfance! je ne me donnois pas à Dieu, ce n'étoit point lui que je cherchois dans cette Maiſon: je ne voulois que m'aſſurer la douceur d'être toujours chérie de ces bonnes filles, & de les chérir moi-même; c'étoit là le puérile attrait qui me menoit, je n'avois point d'autre vocation. Perſonne n'eut la charité de m'avertir de la mépriſe que je pouvois faire; & il n'étoit plus tems de me dédire quand je connus toute la mienne. J'eus cependant des ennuis & des dégoûts ſur la fin de mon Noviciat; mais c'étoit des tentations, venoit-t-on me dire affectueuſement, & en me carreſſant encore. A l'âge où j'étois, on n'a pas le courage de réſiſter à tout le monde, je crus ce qu'on me diſoit, tant par docilité que par perſuaſion. Le jour de la cérémonie de mes vœux arriva, je me laiſſai entraîner, je fis ce qu'on me diſoit: j'étois dans une émotion qui avoit arrêté toutes mes penſées; les autres décidérent de mon ſort, & je ne fus moi-même qu'une ſpectatrice ſtupide de l'engagement éternel que je pris.

Ses

Ses pleurs recommencérent ici, & elle n'acheva les derniers mots qu'avec une voix étouffée par ses soupirs.

Vous avez vû que sa douleur n'avoit fait d'abord que m'attendrir; elle m'effraya dans ce moment-ci. Tout ce qui l'avoit conduit à ce Couvent, ressembloit si fort à ce qui me donnoit envie d'y être; mes motifs venoient si exactement des mêmes causes, & je voyois si bien mon histoire dans la sienne, que je tremblai du péril où j'étois, ou plutôt de celui où j'avois été; car je crois que dans cet instant je ne me souciai plus de cette Maison, non plus que de celles qui y demeuroient, je me sentis glacée pour elles, & je ne fis plus de cas de leurs façons.

De-sorte qu'après avoir quelques instans rêvé sur ce que je venois d'entendre: Ah! mon Dieu, Madame, que de réflexions vous me faites faire! dis-je à cette Religieuse qui pleuroit encore, & que vous m'apprenez de choses que je ne savois pas!

Hélas! me répondit-elle, je vous l'ai déja dit, Mademoiselle, & je vous le répéte, ne confiez notre conversation à personne; je ne suis déja que

 trop

trop à plaindre, & je le ſerois encore davantage ſi vous parliez.

Vous n'y ſongez pas, lui dis-je, moi révéler une confidence à qui je devrai peut-être tout le repos de ma vie, & que malheureuſement je ne puis payer par aucun ſervice, malgré le triſte état où vous êtes, & qui m'arrache les pleurs que vous me voyez verſer! ajoutai-je avec un attendriſſement dont la douceur la gagna au point que le reſte de ſon ſecret lui échapa.

Hélas! vous ne voyez rien encore, & vous ne ſavez pas tout ce que je ſouffre, s'écria-t-elle en appuyant ſa tête ſur ma main, que je lui avois paſſée, & qu'elle arroſa de ſes larmes.

Chere amie, lui répondis je à mon tour, auriez-vous encore d'autres chagrins? Soulagez votre cœur en me les diſant, donnez-vous du moins cette conſolation-là avec une perſonne qui vous aime, & qui en ſoupirera avec vous.

Eh bien, me dit-elle, je me fie à vous, j'ai beſoin de ſecours, je vous en demande, & c'eſt contre moi-même.

Elle tira alors de ſon ſein un billet

ſans

ſans adreſſe, mais cacheté, qu'elle me donna d'une main tremblante. Puiſque je vous fais pitié, ajouta-t-elle, défaites-moi de cela, je vous en conjure; ôtez-moi ce malheureux billet qui me tourmente; délivrez-moi du péril où il me jette, & que je ne le voye plus. Depuis deux heures que je l'ai reçu, je ne vis pas.

Mais, lui dis-je, vous ne l'avez point lû, il n'eſt point ouvert ? Non, me répondit-elle, à tout moment j'ai eu envie de le déchirer, à tout moment j'ai été tentée de l'ouvrir; & à la fin je l'ouvrirois, je n'y réſiſterois pas: je crois que j'allois le lire, quand par bonheur pour moi vous êtes venue. Hé quel bonheur! Hélas! je ſuis bien éloignée de ſentir que c'en eſt un; je ne ſais pas même ſi je le penſe: ce billet que je viens de vous donner, je le regrete, peu s'en faut que je ne vous le redemande, je voudrois le ravoir, mais ne m'écoutez point; & ſi vous le liſez, comme vous en êtes la maîtreſſe, puiſque je ne vous cache rien, ne me dites jamais ce qu'il contient, je ne m'en doute que trop, & je ne ſais ce que je deviendrois ſi j'en étois mieux inſtruite.

Eh!

Eh! de qui le tenez-vous ? lui dis-je alors, émûe moi-même du trouble où je la voyois. De mon ennemi mortel, d'un homme qui eſt plus fort que moi, plus fort que ma religion, que mes réflexions, me répondit-elle, d'un homme qui m'aime, qui a perdu la raiſon, qui veut m'ôter la mienne, qui n'y a déja que trop réuſſi, à qui il faut que vous parliez, & qui s'appelle.....

Elle me le nomma alors tout de ſuite dans le deſordre des mouvemens qui l'agitoient; & jugez quelle fut ma ſurpriſe quand elle prononça le nom d'un homme que je voyois preſque tous les jours chez Madame de Sainte-Hermières, & qui étoit un jeune Abbé de vingt-ſept à vingt-huit ans, qui à la vérité n'avoit encore aucun engagement bien ſérieux dans l'état Eccléſiaſtique, qui jouïſſoit cependant d'un petit bénéfice, qui paſſoit pour être très-pieux, qui avoit la conduite & l'air d'un homme qui l'eſt beaucoup, & que je croyois moi-même d'une ſageſſe de mœurs irréprochable? Auſſi en apprenant que c'étoit lui, ne pus-je m'empêcher de faire un cri.

Je ſais, ajouta-t-elle, que vous le voyez très-ſouvent. Nous ſommes alliez,

liez, & il m'a trompé dans ses visites; peut-être s'y est-il trompé lui-même. Il m'a, dit-il, aimée sans qu'il l'ait sû; & je crois que ma foiblesse vient d'avoir sû qu'il m'aimoit: depuis ce tems là, il me persécute, & je l'ai souffert. Mais montrez-lui sa lettre: dites-lui que je ne l'ai point lûe; dites-lui que je ne veux plus le voir, qu'il me laisse en repos, par pitié pour moi, par pitié pour lui; faites-lui peur de Dieu même qui me défend encore contre lui, qui ne me défendroit pas long-tems, & sur qui il auroit le malheur de l'emporter s'il continue de me poursuivre; dites-lui qu'il doit trembler de l'état où je suis: je ne répons de rien si je le revois; je suis capable de le suivre, je suis capable d'abréger ma vie, je suis capable de tout; je ne prévois que des horreurs, je n'imagine que des abîmes, & il est sûr que nous péririons tous deux.

Elle fondoit en larmes en me tenant ce discours; elle avoit les yeux égarez; son visage étoit à peine reconnoissable, il m'épouvanta. Nous gardâmes toutes deux un assez long silence; je le rompis enfin, je pleurai avec elle.

Tranquillisez-vous, lui dis-je, vous êtes née avec une ame douce & vertueuse;

tueuse; ne craignez rien, Dieu ne vous abandonnera pas; vous lui appartenez, & il ne veut que vous instruire. Vous comparerez bien-tôt le bonheur qu'il y a d'être à lui, au misérable plaisir que vous trouvez à aimer un homme foible, corrompu, tôt ou tard ingrat, pour le moins infidéle, & qui ne peut occuper votre cœur qu'en l'égarant, qui ne vous donne le sien que pour vous perdre : vous le savez bien, vous me le dites vous-même, c'est d'après vous que je parle; & tout ceci n'est qu'un trouble passager qui va se dissiper, qu'il falloit que vous connussiez pour en être ensuite plus forte, plus éclairée, & plus contente de votre état.

Je m'arrêtai-là, une cloche sonna qui l'appelloit à l'Eglise. Revenez donc me voir, me dit-elle d'une voix presque étouffée; & elle me quitta.

Je restai encore quelques momens assise. Tout ce que je venois d'entendre, avoit fait une si grande révolution dans mon esprit, & je revenois de si loin, que dans l'étonnement où j'étois de mes nouvelles idées, je ne songeois point à sortir de ce Parloir.

Cependant le jour baissoit, je m'en apperçus à travers ma rêverie; & je re-

rejoignis la femme de chambre qui m'avoit amenée, & que je trouvai qui venoit me chercher.

Me voilà donc, comme je vous l'ai déja dit, entièrement guérie de l'envie d'etre Religieuse, guérie à un point que je tressaillois en réfléchissant que j'avois pensé l'être, & qu'il s'en étoit peu fallu que je n'en eusse donné ma parole. Heureusement je n'avois pas été jusques-là, je n'avois encore paru que tentée d'embrasser cet état.

Madame de Sainte-Hermières chez qui je revins pour quelques momens, voulut me retenir à coucher; mais sans compter que je désirois d'être seule pour me livrer toute à mon aise à la nouveauté de mes réflexions, c'est que je croyois avoir le visage aussi changé que l'esprit, & que j'appréhendois qu'elle ne s'apperçût à ma phisionomie, que je n'étois plus la même; de-sorte que j'avois besoin d'un peu de tems pour me rassurer, & pour prendre une mine où l'on ne connût rien, je veux dire ma mine ordinaire.

Je ne me rendis donc point à ses instances, & m'en retournai chez Monsieur Villot, où j'achevai de me familiariser moi-même avec mon changement, & où je rêvai aux moyens de

ne

ne le laiſſer entrevoir qu'inſenſiblement aux autres ; car j'aurois été honteuſe de les deſabuſer trop bruſquement ſur mon compte , je voulois m'épargner leur ſurpriſe. Mais apparemment que je m'y pris mal , & je ne m'épargnai rien.

J'oubliois une circonſtance qu'il eſt néceſſaire que vous ſachiez ; c'eſt qu'en m'en retournant chez mon Fermier avec la femme de chambre qui m'avoit accompagnée au Couvent, je rencontrai ce jeune - homme dont m'avoit entretenu la Religieuſe, cet Abbé qui lui faiſoit répandre tant de larmes, & dont le billet que j'avois dans ma poche , l'avoit jettée dans un ſi grand trouble.

J'allois entrer chez Monſieur Villot, & je venois de renvoyer la femme de chambre. Ce jeune tartuffe , avec ſa mine dévote, s'arrêta pour me ſaluer , & me faire quelque compliment. Nous ne vous aurons donc pas ce ſoir chez Madame de Sainte-Hermieres où je vais ſouper, Mademoiſelle ? me dit-il. Non, Monſieur, lui répondis-je; mais en revanche, je puis vous donner des nouvelles de Madame de.... que je quitte, & qui m'a beaucoup parlé de vous

vous (je nommai la Religieuſe), & l'air froid dont je lui dis ce peu de mots, parut lui faire quelque impreſſion, du moins je le crus.

Elle a bien de la bonté, reprit-il, je la vois quelquefois, comment ſe porte-t-elle ? Quoiqu'il n'y ait que trois heures que vous l'ayiez quittée, lui repartis-je (& auſſi-tôt il rougit), vous ne la reconnoîtriez pas, tant elle eſt abattue: je l'ai laiſſé baignée de ſes pleurs, & pénétrée juſqu'au deſeſpoir de l'égarement d'un homme qui lui a écrit il y a ſix ou ſept heures, dont elle déteſte les viſites paſſées, dont elle n'en veut recevoir de la vie, qui tenteroit inutilement de la revoir encore, & à qui elle m'a prié de rendre ſon billet que voici, ajoutai-je en le tirant de ma poche, où il s'étoit ouvert je ne ſais comment, apparemment que la Religieuſe en avoit déja à moitié rompu le cachet, dont la rupture dût lui perſuader, ſans doute, que je l'avois lû, & qu'ainſi je ſavois juſqu'où il étoit dégagé de ſcrupules en fait de religion & de bonnes mœurs, en fait de probité même; car je me doutois ſur tous les diſcours de la Religieuſe, qu'il ne s'étoit pas agi de moins que d'un enlévement, & il n'y avoit guéres qu'un mal-

malhonnête homme qui eût pu en avoir fait la propoſition.

Il prit le billet d'une main tremblante, & je le quittai ſur le champ. Adieu, Monſieur, lui dis-je, ne craignez rien de ma part, je vous promets un ſecret inviolable ; mais craignez tout de mon amie, bien réſolue d'éclater à quelque prix que ce ſoit, ſi vous continuez à la pourſuivre.

Elle ne m'avoit pas chargée de lui faire cette menace ; mais je crus pouvoir l'ajouter de mon chef : c'étoit encore un ſecours que je prêtois à cette fille dont le péril me touchoit, & je pris ſur moi d'aller juſques-là pour effrayer l'Abbé, & pour lui ôter toute envie de renouer l'intrigue.

J'y réuſſis en effet, il ne retourna pas au Couvent, & j'en débaraſſai la Religieuſe, ou pour mieux dire, j'en débaraſſai ſa vertu ; car pour elle, il y avoit des momens où elle auroit donné ſa vie pour le revoir, à ce qu'elle me diſoit dans quelques entretiens que j'eus encore avec elle.

Cependant à force de prières, de combats & de gémiſſemens, ſes peines s'adoucirent, elle acquit de la tranquillité, inſenſiblement elle s'affectionna ma à ſes devoirs, & devint l'exemple de ſon Couvent par ſa piété.

Quant à l'Abbé, cette avanture ne le rendit pas meilleur ; apparemment qu'il ne méritoit pas d'en profiter. La Religieuſe n'étoit qu'une égarée ; l'Abbé étoit un perverti, un faux dévot en un mot, & Dieu qui diſtingue nos foibleſſes de nos crimes, ne lui fit pas la même grace qu'à elle, comme vous l'allez voir par le recit d'un des plus triſtes accidens de ma vie.

Je retournai le lendemain après midi chez Madame de Sainte-Hermières, qui étoit alors enfermée dans ſon Oratoire, & que deux ou trois de nos amis communs attendoient dans la ſalle.

Elle deſcendit un quart-d'heure après ; & d'auſſi loin qu'elle me vit : Vous voilà donc, petite ? me cria-t-elle, comme en ſoupirant ſur moi. Hélas ! je ſongeois tout-à-l'heure à vous, vous m'avez diſtrait dans ma prière : voici le tems où je n'aurai plus le plaiſir de vous voir parmi nous ; mais vous n'en ſerez que mieux. Nous allons être ſéparez d'elle, Meſſieurs ; c'eſt dans la Maiſon de Dieu qu'il faudra deſormais chercher notre prédeſtinée.

D'où vient donc, Madame? lui dis-je avec un ſourire que j'affectai pour cacher la rougeur dont je ne pus me défendre, en entendant parler de la Maiſon de Dieu.

Hélas! Mademoiſelle, me répondit-elle, c'eſt que je viens de recevoir une lettre de Madame la Marquiſe (elle parloit de ma mere) à qui j'écrivis ces jours paſſez, que dans les diſpoſitions où je vous trouvois, elle pouvoit ſe préparer à vous voir bien-tôt Religieuſe, & elle me charge de vous dire qu'elle vous aime trop pour s'y oppoſer, ſi vous êtes bien appellée, qu'elle changeroit bien ſon état contre celui que vous voulez prendre, qu'elle n'eſtime pas aſſez le monde pour vous y retenir malgré vous, & qu'elle vous permet d'entrer au Couvent quand il vous plaira; ce ſont ſes propres termes, & je prévois que vous profiterez peut-être, dès ces jours-ci, de la permiſſion qu'on vous donne, ajouta-t-elle en me préſentant la lettre de ma mere.

Les larmes me vinrent aux yeux pour toute réponſe; mais c'étoit des larmes de triſteſſe & de repugnance: on ne pouvoit pas s'y méprendre à l'air de mon viſage.

Qu'eſt-

Qu'eſt-ce que c'eſt donc, dit-elle? on croiroit que cette lettre vous afflige; eſt-ce que j'ai mal jugé de vous? tout le monde ici s'y eſt-il trompé, & n'êtes-vous plus dans les mêmes ſentimens, ma fille?

Que ne m'avez-vous conſultée avant que d'écrire à ma mere? lui repartis-je en ſanglotant? Vous achevez de me perdre auprès d'elle, Madame, je ne ſerai point Religieuſe; Dieu ne me veut pas dans cet état-là.

A ce diſcours, je vis Madame de Sainte-Hermières immobile & preſque pâliſſante; ſes amis ſe regardoient & levoient les mains d'étonnement.

Ah Seigneur! vous ne ſerez point Religieuſe, s'écria-t-elle enſuite d'un ton douloureux qui ſignifioit: Où en ſuis-je? Et il eſt vrai que je lui ôtois l'eſpérance d'une avanture bien édifiante pour le monde, & par conſéquent bien glorieuſe pour elle. Après toute la dévotion que je tenois d'elle, & de ſon exemple, il ne me manquoit plus qu'un voile pour être ſon chef-d'œuvre.

Ne vous effrayez point, lui dit alors un de ceux qui étoient préſens, en ſouriant d'un air plein de foi, je m'y attendois; ceci n'eſt qu'un dernier effort de l'Ennemi de Dieu contre elle : vous l'y verrez peut-être voler dès demain, à cette heureuſe & ſainte retraite, qui vaut bien la peine d'être achetée par un peu de tentation.

Non, Monſieur, répondis-je toujours la larme à l'œil, non, ce n'eſt point une tentation, mon parti eſt pris là-deſſus. En ce cas-là, je vous plains de toutes façons, Mademoiſelle, me repartit Madame de Sainte-Hermières avec une froideur qui m'annonçoit l'indifférence du commerce que nous aurions deſormais enſemble ; & auſſitôt elle ſe leva pour paſſer dans le jardin. Les autres la ſuivirent, j'en fis autant; mais aux manières qu'on eut avec moi dès cet inſtant, je ne reconnus plus perſonne de cette ſociété : c'étoit comme ſi j'avois vécu avec d'autres gens ; ce n'étoit plus eux, ce n'étoit plus moi.

De cette dignité où je m'étois vûe parmi eux, il n'en fut plus queſtion, de ce reſpectueux étonnement pour mes vertus, de ces dévotes exclamations ſur les graces dont Dieu favoriſoit cette jeune & vénérable prédeſtinée, il n'en reſta pas veſtige, & je ne

fus

fus plus qu'une petite perſonne fort ordinaire, qui avoit d'abord promis quelque choſe, mais à qui on s'étoit trompé, & qui n'avoit pour tout mérite que l'avantage profane d'être aſſez jolie; car je n'étois plus ſi belle depuis que je refuſois d'être Religieuſe, ce n'étoit plus ſi grand dommage que je ne le fuſſe pas, à ne regarder que l'édification que j'aurois donné au monde.

En un mot, je déchûs de toutes façons; & pour me punir de l'importance dont j'avois jouï juſqu'alors, on porta ſi loin l'indifférence & l'inattention pour moi quand j'étois préſente, qu'à peine paroiſſoit-on ſavoir que j'étois-là.

Auſſi mes viſites au Château devinrent-elles ſi rares, qu'à la fin je n'en rendois preſque plus. Dans l'eſpace d'un mois, je ne voyois que deux ou trois fois Madame de Sainte-Hermières, qui ne s'en plaignoit point, qui ne me ſouhaitoit ni ne me haïſſoit, dont l'accueil n'étoit que tiéde ou diſtrait, & point impoli, & à qui en effet je ne faiſois ni plaiſir ni peine.

Il y avoit déja près de cinq mois que cela duroit, quand un matin il vint un laquais de Madame de Sainte-Hermières me prier de ſa part d'aller dîner

 chez

chez elle. Cette invitation à laquelle je me rendis, me parut nouvelle dans les termes où nous en étions toutes deux ; mais ce qui me surprit encore davantage en arrivant, ce fut de voir cette Dame reprendre avec moi cet air affectueux & caressant dont il n'étoit plus question depuis si long-tems.

Je la trouvai avec un Gentilhomme qui ne venoit chez elle que depuis ma disgrace, & que je ne connoissois moi-même que pour l'avoir rencontré au Château dans mes deux dernières visites; homme à peu près de quarante ans, infirme, presque toujours malade, souvent mourant, un astmatique qui auroit, disoit-on, fort aimé la dissipation & le plaisir, mais à qui sa mauvaise santé & la nécessité de vivre de régime n'avoient point laissé d'autre chose à faire que d'être dévot, & dont la mine, au moyen de cette dévotion & de ses infirmitez, étoit devenue maigre, pâle, sérieuse & austére.

Cet homme, comme je vous le dépeins, languissant, à demi mort, d'ailleurs garçon, & fort riche, qui, comme je vous l'ai dit, ne m'avoit vûe que deux fois, à travers ses langueurs & son intérieur triste & mortifié, avoit

pris

pris garde que j'étois jolie & bien faite.

Et comme il ſavoit que je n'avois point de fortune, que ma mere qui étoit outrée de ce que je n'avois pas pris le voile, ne demanderoit pas mieux que de ſe défaire de moi; qu'on lui diſoit d'ailleurs que malgré mon inconſtance paſſée dans l'affaire de ma vocation, je ne laiſſois pas cependant que d'avoir de la ſageſſe & de la douceur; il ſe perſuada, puiſque je manquois de bien, que ce ſeroit une bonne œuvre que de m'aimer juſqu'à m'épouſer, qu'il y auroit de la piété à ſe charger de ma jeuneſſe & de mes agrémens, & à les retirer pour ainſi dire dans le mariage. Ce fut dans ce ſens-là qu'il en parla à Madame de Sainte-Hermières.

Elle qui étoit bien-aiſe de réparer l'affront que je lui avois fait en reſtant dans le monde, qui voyoit que la maiſon de ce Gentilhomme ne valoit guéres moins qu'un Couvent, & qu'en me mariant avec lui, je lui ferois preſqu'autant d'honneur que ſi elle m'avoit fait Religieuſe, l'encouragea à ſuivre ſon deſſein, réſolut auſſi-tôt avec lui de m'en inſtruire, & de me donner à dîner chez elle où je le trouvai.

Venez, ma fille, venez que je vous embraſſe, me dit-elle dès qu'elle me vit; je n'ai jamais ceſſé de vous aimer, quoique j'aie un peu ceſſé de vous le dire. Mais laiſſons-là mon ſilence, & les raiſons qui l'ont cauſé; il faut croire que Dieu a tout fait pour le mieux; ce qui ſe préſente aujourd'hui pour vous, me conſole de ce que vous avez perdu, & vous ſaurez ce que c'eſt quand nous aurons dîné. Mettons-nous à table.

Pendant qu'elle me parloit, je jettai par hazard les yeux ſur le Gentilhomme en queſtion, qui baiſſa gravement les ſiens d'un air doux, & diſcret pourtant, de l'air de quelqu'un qui étoit mêlé à ce qu'on avoit à me dire.

Nous dînâmes donc. Ce fut lui qui me ſervit le plus ſouvent; il but à ma ſanté; tout cela d'une manière qui m'annonçoit des vûës, & qui ſentoit la déclaration muette & chrétienne: on devine mieux ces choſes-là qu'on ne les explique; de-ſorte que j'eus quelque ſoupçon de la vérité.

Après le repas, il paſſa de la table où nous étions, dans le jardin. Mademoiſelle, me dit Madame de Sainte-Hermières, vous n'avez point de bien, votre mere ne peut vous en donner, Mon-

Monsieur le Baron de Sercour en a beaucoup (c'étoit le nom de notre dévot), c'est un homme plein de piété, qui ne croit pas pouvoir faire un meilleur usage de sa richesse, que de la partager avec une fille de qualité aussi estimable, aussi vertueuse que vous l'êtes, & dont le mérite a besoin de fortune. Il vous offre sa main; ce seroit un mariage terminé en très-peu de jours, & qui vous assureroit un établissement considérable: il n'est question que d'en écrire à Madame votre mere, déterminez-vous; il n'y a pas à hésiter, ce me semble, pour peu que vous réfléchissiez sur la situation où vous êtes, & sur celle où vous pouvez tomber à l'avenir. Je vous parle en amie. Le Baron de Sercour n'est pas d'un âge rebutant. Il n'a pas beaucoup de santé, j'en conviens; il est assez incertain qu'il vive long-tems, ajouta-t-elle en baissant le ton de sa voix. Mais enfin, Dieu est le maître, Mademoiselle: si vous veniez à perdre le Baron, du moins vous laisseroit-il de quoi chérir sa mémoire; & l'état de jeune & riche veuve, quoiqu'affligée, est encore moins embarassant que celui d'une fille de condition qui est fort mal à son

ſon aiſe. Qu'en dites-vous? Acceptez-vous le parti?

Je reſtai quelques momens ſans répondre; ce mari qu'on m'offroit, cette figure de Pénitent, triſte & langoureux, ne me revenoit guéres. C'étoit ainſi que je l'enviſageois alors; mais j'avois de la raiſon.

Née ſans bien, preſqu'abandonnée de ma mere comme je l'étois, je n'ignorois pas tout ce que ma condition avoit de fâcheux. J'en avois déja été effrayée plus d'une fois: c'étoit ici l'inſtant de penſer à moi plus ſérieuſement que jamais, & il n'y avoit plus à m'inquiéter de cet avenir dont on me parloit, ſi j'épouſois le Baron qui étoit riche.

Ce mari me repugnoit, il eſt vrai; mais je m'accoutumerois à lui, on s'accoutume à tout dans l'abondance, il n'y a guéres de dégoût dont elle ne conſole.

Et puis, vous l'avouerai-je, moins à la honte de mon cœur, qu'à la honte du cœur humain (car chacun a d'abord le ſien, & puis un peu de celui de tout le monde), vous l'avouerai-je donc? C'eſt que parmi mes réflexions, j'entrevis de bien loin celle-ci, qui étoit que ce mari

mari n'avoit point de ſanté, comme le diſoit Madame de Sainte-Hermières, & me laiſſeroit peut-être veuve de bonne heure. Cette idée-là ne fit qu'une apparition légere dans mon eſprit; mais elle en fit une dont je ne voulus point m'appercevoir, & qui cependant contribua ſans doute un peu à me déterminer.

Eh bien, Madame, qu'on écrive donc à ma mere, dis-je triſtement à Madame de Sainte-Hermières, je ferai ce qu'elle voudra.

Le Baron de Sercour rentra dans la chambre, le cœur me battit en le voyant. Je ne l'avois pas encore ſi bien vû, je tremblai en le regardant, & je le crus déja mon maître.

Je vous apprens que voici votre femme, Monſieur le Baron, lui dit Madame de Sainte-Hermières, & que je n'ai pas eu de peine à la réſoudre.

Là-deſſus je le ſaluai toute palpitante. Elle me fait bien de l'honneur, répondit-il en me rendant mon ſalut avec une ſatisfaction qu'il modéra tant qu'il put, de crainte qu'elle ne fût immodeſte, mais qui malgré qu'il en eut, ranima ſes yeux ordinairement éteints.

Il me tint enſuite quelques diſcours dont

dont je ne me ressouviens plus, qui étoient fort mesurez & fort retenus, & cependant plus amoureux que galans, des discours d'un dévot qui aime.

Enfin, il fut conclu que le Baron écriroit dès ce jour-là à ma mere, que Madame de Sainte-Hermières joindroit une lettre à la sienne, & que je mettrois deux mots au bas de celle de cette Dame pour marquer que j'étois d'accord de tout.

On convint aussi de tenir l'affaire secrette, & de ne la déclarer que le jour du mariage, parce que le Baron avoit un neveu qui étoit son héritier, & qu'il n'étoit pas nécessaire d'instruire d'avance.

Ce neveu, tout absorbé qu'il étoit, disoit-on, dans la piété la plus profonde, avoit pu cependant compter tout doucement sur la succession de son oncle, d'autant plus que les contradictions qu'il avoit essuyées de la part de son Evêque, & que l'impossibilité où il s'étoit vû de s'avancer dans les Ordres, l'avoit obligé de quitter le petit collet, il n'y avoit que deux mois.

Et ce garçon si pieux que Monsieur le Baron ne nommoit pas, cet héritier qu'on craignoit de chagriner trop tôt,

tôt, & que ce petit collet qu'on disoit qu'il n'avoit plus, m'avoit d'abord fait reconnoître; c'étoit cet Abbé dont j'avois délivré mon amie la Religieuse.

Vous observerez que depuis ce qui s'étoit passé entre lui & moi, il étoit venu assez souvent me voir chez Monsieur Villot, tant pour me remercier du silence que j'avois gardé sur son avanture, que pour me conjurer d'avoir toujours cette charité-là pour lui (c'étoit ainsi qu'il appelloit ma discrétion), & pour m'assurer qu'il ne songeoit plus à la Religieuse; en quoi il ne me trompoit pas. Il venoit même me trouver quelquefois dans une grande allée qui étoit près de notre maison, où j'avois coutume de me promener en lisant : on nous y avoit vûs plusieurs fois ensemble: on savoit qu'il venoit de tems en tems au logis; & cela ne tiroit à aucune conséquence, au contraire, on ne m'en estimoit que davantage, on le croyoit presqu'un Saint.

Il y avoit alors quelque tems que je ne l'avois vû, & il vint le surlendemain du jour où tout ce que je viens de vous dire, avoit été arrêté chez Madame de Sainte-Hermières.

J'étois dans notre jardin quand il arriva;

riva; & ſur la connoiſſance que j'avois du caractére de l'Abbé, auſſi-bien que de la corruption de ſes mœurs, qui devoit lui faire ſouhaiter d'être riche, je penſois au chagrin que lui feroit mon mariage avec ſon oncle, quand on le déclareroit. Mais il le ſavoit déja.

Il falloit bien que Madame de Sainte-Hermières eût été indiſcrette, & qu'elle eût confié l'affaire à quelque bonne amie, qui en eût à ſon tour fait confidence à quelqu'un qui l'eût dit à l'Abbé.

Bon-jour, Mademoiſelle, me dit-il en m'abordant; j'apprens que vous allez épouſer le Baron de Sercour, & je viens d'avance aſſurer ma tante de mes reſpects.

Je rougis de ce diſcours, comme ſi j'avois eu quelque choſe à me reprocher à ſon égard. Je ne ſais, lui répondis-je, qui vous a ſi bien inſtruit; mais on ne vous a pas trompé. Je vous dirai au-reſte que ce n'a été qu'après m'être promiſe à Monſieur de Sercour, que j'ai ſû que vous étiez ſon neveu, & que je ne vous aurois point fait un myſtére de notre mariage, s'il ne l'avoit pas exigé lui-même: c'eſt lui qui a voulu qu'on l'ignorât; & le ſeul regret que j'aie dans cette affaire, c'eſt qu'elle qu'elle vous prive d'une succession que je n'aurois pas songé à vous ôter. Mais mettez-vous à ma place ? Je n'ai point de bien, vous le savez ; & si j'avois refusé le Baron, ma mere qui voudroit être débarassée de moi, ne me l'auroit jamais pardonné.

Puisque j'avois à perdre le bien de mon oncle, me repartit-il avec un souris assez forcé, j'aime mieux que vous l'ayez qu'une autre.

Monsieur Villot qui étoit dans le jardin, & qui s'approcha de nous, interrompit notre conversation, en saluant l'Abbé qui resta encore un quart-d'heure, qui me quitta ensuite avec une tranquillité que je ne crus pas vraie, & qui, ce me semble, lui donnoit en cet instant l'air d'un fourbe. Voilà du moins comment cela me frappa ; & vous verrez que j'en jugeois bien.

Il continua de me voir, & même plus fréquemment qu'à l'ordinaire, si fréquemment que le Baron qui le sût, m'en demanda la raison. Je n'en sais aucune, lui dis-je, si ce n'est qu'il est mon voisin, & qu'il faut qu'il passe près du logis pour aller chez Madame de Sainte-Hermières, que depuis quelque tems il va voir plus ſouvent que de coutume; comme il étoit vrai.

J'oublie de remarquer que ce neveu, après m'avoir fait le compliment que je vous ai dit ſur mon mariage, dont il ne me parla plus, m'avoit prié de ne dire à perſonne qu'il en fût informé, & que je lui en avois donné ma parole; de-ſorte que je n'en avertis, ni le Baron, ni Madame de Sainte-Hermières.

Vous obſerverez auſſi que pendant le tems que j'étois comme brouillée avec cette Dame, il ne m'avoit jamais, dans nos converſations, paru faire grand cas de ſa piété; non qu'il ſe fût expliqué là-deſſus d'une manière ouverte, je n'avois démêlé ce que je dis-là que par ſes mines, par de certains ſouris, & que par ſon ſilence, quand je lui montrois mon eſtime ou ma vénération pour cette veuve, que je blâmois d'ailleurs du motif de ſon refroidiſſement pour moi.

Quoi qu'il en ſoit, cet Abbé dont la tranquillité m'avoit ſemblé ſi fauſſe, s'en alla chez Madame de Sainte-Hermières en me quittant, dîna chez elle, & dans le cours de ſa viſite, eut des façons, lui fit des diſcours qui la ſurpri-

rent,

tent, à ce qu'elle me confia le lendemain.

Croiriez-vous, Madame, lui avoit-il dit, que ce qui m'a le plus coûté dans l'état Eccléſiaſtique où vous m'avez vû, ait été de ſurmonter une violente inclination que j'avois? Je puis l'avouer à préſent que mon penchant n'a plus rien de repréhenſible, & que la perſonne pour qui je le ſens, peut me faire la grace de recevoir mon cœur & ma main.

Et pendant qu'il tenoit ce diſcours, ajouta-t-elle, ſes regards ſe ſont tellement attachez & fixez ſur moi, que je n'ai pu m'empêcher de baiſſer les yeux. Qu'eſt-ce donc que cela ſignifie? & à quoi ſonge-t-il? Quand je ſerois d'humeur à me remarier, ce qu'à Dieu ne plaiſe, ce ne ſeroit pas un homme de ſon âge que je choiſirois; & il faut ſans doute que j'aie mal entendu.

Je ne ſais plus ce que je lui répondis; mais cet homme trop jeune pour devenir ſon mari, ne l'étoit point trop pour lui plaire. Ne lui parlez point de ce que je vous rapporte-là, me dit-elle, j'ai peut-être eu tort d'y faire attention; & elle n'y en fit que trop dans la ſuite.

Cependant on reçut des nouvelles de ma mere, qui envoyoit le consentement le plus complet, joint à la lettre du monde la plus honnête, avec une autre lettre pour Madame de Sainte-Hermières, dans laquelle il y avoit quelques lignes pour moi. De-sorte qu'on alloit hâter notre mariage, quand tout fut arrêté par une maladie qui me vint, qui fut aussi longue que dangereuse, & dont je fus plus de deux mois à me rétablir.

L'Abbé, pendant qu'elle dura, parut s'inquiéter extrêmement de mon état, & ne passa pas un jour sans me voir, ou sans venir savoir comment j'étois; jusques-là que le Baron, à qui son neveu devenu libre avoit avoué qu'il se marieroit volontiers, s'il trouvoit une personne qui lui convînt, s'imagina qu'il avoit des vûës sur moi, & me demanda ce qui en étoit. Non, lui repartis-je, votre neveu ne m'a jamais rien témoigné de ce que vous me dites-là, il ne s'intéresse à moi que par de simples sentimens d'estime & d'amitié; & c'étoit aussi ma pensée, je n'en savois pas davantage.

Enfin, je guéris; & comme je n'allois épouser le Baron que par un pur motif de raiſon, qui me coûtoit, cela me laiſſoit encore un peu de triſteſſe, qu'on prit pour un reſte de foibleſſe ou de langueur, & le jour de notre mariage fut fixé. Mais ce fut le Baron de Sercour, & non pas Madame de Sainte-Hermières, qui me preſſa de hâter ce jour-là.

Ce que je trouvai même d'aſſez ſingulier, c'eſt qu'elle ceſſa, depuis ma convaleſcence, de m'encourager à me donner à lui, comme elle avoit fait auparavant. Il me paroiſſoit au contraire qu'elle n'eût pas deſapprouvé mes dégoûts.

Vous êtes rêveuſe, je le vois bien, me dit-elle un matin qu'elle étoit venue chez moi, & je vous plains, je vous l'avoue.

La veille du jour de notre mariage, elle ſouhaita que je vinſſe paſſer toute la journée chez elle, & que j'y couchaſſe.

Ecoutez, me dit-elle ſur le ſoir, il n'y a encore rien de fait; ouvrez-moi votre cœur, vous ſentez-vous trop combattue, n'allons pas plus loin : je me charge de vous excuſer auprès de la Marquiſe; n'en ſoyez pas en peine, & ne vous ſacrifiez point. A l'égard du

Baron, ſon neveu lui parlera. Eſt-ce que l'Abbé eſt inſtruit? lui repartis-je. Oui, me répondit-elle, il vient de me le dire, il ſait tout, & j'ignore par où. Hélas! Madame, repris-je, je n'ai ſuivi que vos conſeils, il n'eſt plus tems de ſe dédire: ma mere qui ne m'aime point, ne ſeroit pas ſi traitable que vous le croyez; & nous nous ſommes trop avancez pour ne pas achever.

N'en parlons donc plus, me dit-elle d'un air plus chagrin que compâtiſſant. L'Abbé arriva alors. Vous avez, dit-on, compagnie ce ſoir, Madame; mon oncle ſera-t-il des vôtres? Et n'y a-t-il rien de changé? lui dit-il. Non, c'eſt toujours la même choſe, repartit-elle. A propos, Madame de Clarville (c'étoit une de ſes amies, & de celles du Baron) doit être de notre ſouper, elle me l'a promis; j'ai peur qu'elle ne l'oublie, & je ſuis d'avis de l'en faire reſſouvenir par un petit billet. Mademoiſelle, ajouta-t-elle, j'ai depuis hier une douleur dans la main, j'aurois de la peine à tenir ma plume; voulez-vous bien écrire pour moi? Volontiers, lui dis-je, vous n'avez qu'à dicter. Il ne s'agit que d'un mot, reprit-elle, & le voici:

Vous ſavez que je vous attens ce ſoir, ne me manquez pas.

Je lui demandai ſi elle vouloit ſigner. Non, me dit-elle, il n'eſt pas néceſſaire, elle ſaura bien ce que cela ſignifie.

Auſſi-tôt elle prit le papier. Sonnez, Monſieur, dit-elle à l'Abbé, il eſt tems qu'on le porte; mais non, arrêtez, vous ne ſouperez point avec nous, cela ne ſe peut pas: je ſuis même d'avis que vous nous quittiez avant que le Baron arrive, & vous aurez la bonté de rendre, en paſſant, le billet à Madame de Clarville; vous ne vous détournerez que d'un pas.

Donnez, Madame, répondit-il, votre commiſſion va être faite. Il ſe leva & partit. A peine venoit-il de ſortir, que le Baron entra avec un de ſes amis. Nous ſoupâmes fort tard. Madame de Clarville, que je ne connoiſſois pas, ne vint point; Madame de Sainte-Hermières ne fit pas même mention d'elle. Après le ſoupé, nous entendîmes ſonner onze heures.

Mademoiſelle, me dit Madame de Sainte-Hermières, il eſt aſſez tard pour une convaleſcente: vous devez demain être à l'Egliſe dès cinq heures du matin

tin, allez vous reposer. Je n'insistai point, je pris congé de la compagnie, & de Monsieur de Sercour qui me prit la main, & ne fit que l'approcher de sa bouche, sans la baiser.

Madame de Sainte-Hermières pâlit en m'embrassant. Vous avez plus besoin de repos que moi, lui dis-je, & je partis. Une de ses femmes me suivit jusqu'à ma chambre, dont la clef étoit à la porte; elle me deshabilla en partie, je la renvoyai avant que de me mettre au lit, & elle emporta ma clef.

Il faut vous dire que je logeois dans une aîle du Château assez retirée, & qui, par un escalier dérobé, rendoit dans le jardin, d'où l'on pouvoit venir à ma chambre.

Je n'avois nulle envie de dormir, & je me mis à rêver dans un fauteuil où je m'oubliai plus d'une heure. Après quoi, plus éveillée encore que je ne l'avois été d'abord, je vis des livres qui étoient sur une tablette, & j'en pris un pour me procurer un peu d'assoupissement par la lecture.

Je lûs en effet plus d'une demi-heure, & jusqu'au moment où je me sentis assez fatiguée. De-sorte que j'avois déja jetté le livre sur la table, & j'allois

lois achever de me deshabiller pour me mettre au lit, quand j'entendis quelque bruit dans un petit cabinet attenant ma chambre, & dont la porte n'étoit même qu'un peu plus d'à moitié pouſſée.

Ce bruit continua, j'en fus émûe, & dans mon émotion, je criai qui eſt-là ? N'ayez point de peur, Mademoiſelle, me répondit une voix que je crus reconnoître à travers la frayeur qu'elle me fit; & auſſi-tôt je vis paroître l'Abbé, qui d'un air riant ſortit du cabinet.

Je reſtai quelque tems les yeux ouverts ſur lui, toute ſaiſie, & ſans pouvoir lui rien dire. Ah! mon Dieu! que faites-vous-là, Monſieur? lui dis-je enſuite reſpirant avec peine. Qui vous a mis ici ? Ne craignez rien, me dit-il en s'aſſeyant hardiment à côté de moi; je n'y ſuis ſimplement que pour y être.

Eh! quel eſt votre deſſein? pourſuivis-je d'un ton de voix plus fort: ſortez tout-à-l'heure, ajoutai-je en me levant pour ouvrir ma porte; mais, comme je vous l'ai dit, la femme de chambre l'avoit fermée. Me voilà au deſeſpoir, & je voulus ouvrir une fenêtre pour appeller. Non, non, je vais me retirer dans un moment par l'eſcalier dérobé,

robé, me dit-il en m'arrêtant par le bras; croyez moi, point de bruit, tout eſt couché, tout dort: & quand vos cris feroient venir du monde, tout ce qu'on en pourra penſer, c'eſt que j'aurai voulu abuſer du rendez-vous, & de l'heure où nous ſommes; mais on n'en croira pas moins que je ſuis ici de votre aveu.

De mon aveu, méchant! un rendez-vous? m'écriai je. Oui, me dit-il, en voici la preuve, liſez votre billet. Il me montra celui que Madame de Sainte-Hermières m'avoit fait écrire pour elle.

Ah! l'indigne, l'abominable homme! ah! monſtre que vous êtes! lui dis-je en retombant dans mon fauteuil, ah! mon Dieu!

Ma ſurpriſe & mes pleurs me coupérent alors la parole; je fondis en larmes, je me débattois comme une égarée dans mon fauteuil.

Il vit mon état ſans s'émouvoir & avec la tranquillité d'un ſcélerat. Je fus tentée de me jetter ſur lui, de le déchirer ſi je l'avois pu; & puis tout-à coup, par un autre mouvement, je tombai à ſes genoux: Ah! Monſieur, lui dis-je, Monſieur, pourquoi me perdez-vous? que vous ai-je fait? Souvenez-vous

vous de l'estime qu'on a pour vous, souvenez-vous du service que je vous ai rendu, je me suis tû, je me tairai toute ma vie.

Il me releva, toujours avec le même sang-froid. Quand vous ne vous tairiez pas, vous n'en seriez point crue; vous passeriez pour une jalouse, me répondit-il, & vous ne pouvez plus me faire tort. Calmez-vous, tout ceci va finir, & je vous sers: je ne veux que vous délivrer d'un mariage qui vous repugne a vous-même, & qui alloit me ruiner; voilà tout.

Pendant qu'il me tenoit ce discours, j'entendis la voix de plusieurs personnes. On ouvrit subitement ma porte, & le premier objet qui me frappa, ce fut Monsieur le Baron de Sercour, accompagné de Madame de Sainte-Hermières, tous deux suivis de cet ami qui avoit soupé avec nous, & qui tenoit une épée nue, & de trois ou quatre domestiques de la maison qui étoient armez.

Le Baron & son ami avoient couché au Château: Madame de Sainte-Hermières les avoit retenus sous prétexte qu'ils seroient le lendemain plus près de l'Eglise, où l'on devoit se rendre de très-bon matin; & cette Dame avoit ordonné qu'on les éveillât tous deux, leur

leur avoit fait dire qu'on l'avoit reveillée elle-même, pour l'avertir qu'il y avoit du bruit dans ma chambre ; qu'on y entendoit différentes voix ; qu'à la vérité je ne criois point ; mais qu'on présumoit, ou qu'on m'en empêchoit, ou que je n'osois crier ; qu'il y avoit apparence que c'étoit des voleurs, & qu'elle conjuroit ces Messieurs de venir à mon secours & au sien, avec ses gens qui étoient tous levez.

Et voilà pourquoi je les vis tous armez, quand ils ouvrirent ma porte.

L'Abbé qui savoit bien ce qui arriveroit, venoit de me remettre dans mon fauteuil, & me tenoit encore une main quand ils parurent.

Je me retournai avec cet air de désolation que j'avois, & le visage tout baigné de pleurs.

A cette apparition, je fis un cris de douleur qu'on dut attribuer à la confusion que j'avois de me voir surprise avec l'Abbé : ajoutez à cela que mes larmes déposoient encore contre moi ; car, puisque je n'avois appellé personne, d'où pouvoient-elles venir dans les conjonctures où j'étois, que de l'affliction d'une Amante qui va se séparer de ce qu'elle aime ?

Je

Je me ſouviens que l'Abbé ſe leva lui-même d'un air aſſez honteux.

Quoi! vous, Mademoiſelle! vous que j'ai crue ſi vertueuſe! Ah! Madame, à qui ſe fiera-t-on? dit alors Monſieur de Sercour.

Il me fut impoſſible de répondre, mes ſanglots me ſuffoquoient. Pardonnez-moi le chagrin que je vous donne, Monſieur, lui dit alors l'Abbé; ce n'eſt que depuis trois ou quatre jours que je ſais l'intérêt que vous prenez à Mademoiſelle, & la néceſſité où elle eſt, dit-elle, de vous épouſer. Dans le trouble où la jettoit ce mariage, elle a ſouhaité de me voir encore une fois; & c'eſt une conſolation que je n'ai pu lui refuſer. J'ai cédé à ſes inſtances, à ſes chagrins, au billet que voici, ajouta-t-il en lui faiſant lire le peu de mots qu'il contenoit; enfin, Monſieur, elle pleuroit, elle pleure encore, elle eſt aimable, & je ne ſuis qu'un homme.

Quoi! ce billet.... ! m'écriai-je alors, & je m'arrêtai là; je n'eus pas la force de continuer, je demeurai ſans ſentiment dans mon fauteuil.

L'Abbé s'éclipſa: il fallut emporter Monſieur de Sercour, qui, me dit-on, ſe ſe trouva mal auſſi, & qui enſuite voulut abſolument s'en retourner chez lui.

A mon égard, revenue à moi par les ſoins de la complice de l'Abbé, je parle de Madame de Sainte-Hermières, dont vous avez déja dû entrevoir la perfidie, & qui ſe retira dès que je commençai à ouvrir les yeux, en vain demandai-je à lui parler, elle ne revint point, je ne vis que ſes femmes. La fiévre me reprit, & l'on me tranſporta dès ſix heures du matin chez Monſieur Villot, encore plus deſeſpérée que malade.

Vous jugez bien que mon avanture éclata de toutes parts de la manière du monde la plus cruelle pour moi; en un mot, elle me deshonora, c'eſt tout dire.

Monſieur le Baron & Madame de Sainte-Hermieres l'écrivirent à ma mere, en lui renvoyant ſon conſentement à notre mariage. Quant au ſcélerat d'Abbé, cette Dame quelques jours après ſût ſi bien l'excuſer auprès de ſon oncle, qu'elle le reconcilia avec lui.

Ce dernier qui m'aimoit, me déchira ſi chrétiennement, & gémit de mon prétendu deſordre, avec des expreſſions ſi inſi intéreſſantes, ſi malignes & ſi pieuſes, qu'on ne ſortoit d'auprès de lui que la larme à l'œil ſur mon égarement, pendant que flétrie & perdue dans l'eſprit de tout le monde, je paſſai près de trois ſemaines à luter contre la mort, & ſans autre reſſource, pour ainſi dire, que la charité de Monſieur & de Madame Villot, qui me ſecoururent avec tout le ſoin imaginable, malgré l'abandon où ma mere, dans ſa fureur, leur annonça qu'elle alloit me laiſſer. Ces bonnes gens furent les ſeuls qui réſiſtérent au torrent de l'opprobre où je tombai ; non qu'ils me cruſſent abſolument innocente, mais jamais il n'y eut moyen de leur perſuader que je fuſſe auſſi coupable qu'on le ſuppoſoit.

Cependant ma fiévre ceſſa, & ma premiere attention, dès que je me vis en état de m'expliquer, ce fut de leur raconter tout ce que je ſavois de mon hiſtoire, & de leur dire les juſtes ſoupçons que j'avois que Madame de Sainte-Hermières étoit de moitié avec le neveu, qu'ils croyoient un homme de bien, & que je crus devoir démaſquer, en leur confiant, ſous le ſceau du ſecret, l'avanture de ce miſérable avec la Religieuſe.

Il ne leur en fallut pas davantage pour achever de les desabuser sur mon compte, & dès cet instant ils ne cesserent de soutenir par-tout avec courage, que le Public étoit trompé, qu'on jugeoit mal de moi, qu'on le verroit peut-être quelque jour (& ils prophétisoient); qu'il étoit faux que l'Abbé fût mon Amant, ni qu'il eût jamais osé me parler d'amour; qu'à la vérité il étoit question d'un fait incompréhensible, & qui mettoit l'apparence contre moi, mais que je n'y avois point d'autre part que d'en avoir été la victime.

Ils avoient beau dire, on se moquoit d'eux, & je passai trois mois dans le desespoir de cet état-là.

Je voulus d'abord paroître pour me justifier, dès que je pus sortir; mais on me fuyoit: il étoit défendu à mes compagnes de m'approcher, & je pris le parti de ne me plus montrer.

Confinée dans ma chambre, toujours noyée dans les pleurs, méconnoissable à force d'être changée, j'implorois le Ciel, & j'attendois qu'il eût pitié de moi, sans oser l'espérer.

Il m'exauça cependant, & fit la grace à Madame de Sainte-Hermières de la punir pour la sauver.

Elle

Elle étoit allée rendre viſite à une de ſes amies ; il avoit pleu beaucoup la veille, les chemins étoient rompus, & ſon caroſſe verſa dans un profond & large foſſé dont on ne la retira qu'évanouïe & à moitié briſée. On la reporta chez elle, la fiévre ſe joignit à cet accident qui avoit été précedé d'un peu d'indiſpoſition, & elle fut ſi mal, qu'on crut qu'elle n'en rechaperoit pas.

Un ou deux jours avant qu'on deſeſpérât d'elle, une de ſes femmes qui étoit mariée, prête d'accoucher, qui ſouffroit beaucoup, & qui ſe vit en danger de mourir, dans la peur qu'elle en eut, ſe crut obligée de révéler une choſe qui me concernoit, & qui chargeoit ſa conſcience.

Elle déclara donc en préſence de témoins, que la veille de mon mariage avec Monſieur de Sercour, l'Abbé lui avoit fait préſent d'une aſſez jolie bague, pour l'engager à l'introduire ſur le ſoir dans le cabinet de la chambre où je devois coucher.

Je répondis d'abord que j'y conſentois, raconta-t-elle, à condition que Mademoiſelle de Tervire en fût d'accord, & que je l'en avertirois. Là deſſus il me pria inſtamment de n'en rien faire ; & après m'avoir demandé le ſecret : N'eſt il pas cruel, me dit-il, que mon

 oncle

oncle, tout moribond qu'il eſt, épouſe demain Mademoiſelle de Tervire, pour la laiſſer veuve au bout de ſix mois, peut-être, & maîtreſſe d'une ſucceſſion qui m'appartient comme à ſon héritier naturel ? Mon projet eſt de le détourner de ce mariage qui m'enléve un bien dont je ferai ſûrement un meilleur & plus digne uſage que cette petite coquette, qui le dépenſeroit en vanitez : vous y gagnerez vous-même, & voici toujours, avec la bague, un billet de mille écus que je vous donne, & qui, en attendant mieux, vous ſera payé dès que le Baron aura les yeux fermez. Il n'eſt queſtion que de me cacher ce ſoir, pendant qu'on ſoupera, dans le cabinet de la chambre où Mademoiſelle de Tervire couchera ; & une heure après, c'eſt-à-dire, entre minuit & une heure, d'aller dire à Madame de Sainte-Hermières qu'on entend du bruit dans cette chambre, afin qu'elle y vienne avec le Baron, qui me trouvant là avec la jeune perſonne, ne doutera pas que nous ne nous aimions tous deux, & renoncera à l'épouſer. Voilà tout.

La bague & le billet me tentérent, je le confeſſe, ajouta la femme de chambre, je me rendis ; je l'introduiſis dans le cabinet, & non ſeulement

ment le mariage en a été rompu, mais ce que je me reproche le plus, & ce qui m'oblige à une réparation éclatante, c'eſt le tort que j'ai fait par-là à Mademoiſelle de Tervire, dont la réputation en a tant ſouffert, & à qui je vous prie tous de demander pardon pour moi.

Les témoins de cette ſcène la répandirent par-tout; & quand il n'en ſeroit pas arrivé davantage, c'en étoit aſſez pour me juſtifier. Mais il reſtoit encore une coupable à qui Dieu, dans ſa miſéricorde, vouloit accorder le repentir de ſon crime.

Je parle de Madame de Sainte-Hermières, qui, le lendemain même de ce que je viens de vous dire, & en préſence de ſa famille, de ſes amis & d'un Eccléſiaſtique qui l'avoit aſſiſtée, remit un paquet cacheté & écrit de ſa main à Monſieur Villot qu'elle avoit envoyé chercher, le chargea de l'ouvrir, d'en publier, d'en montrer le contenu, avant ou aprês ſa mort, comme il lui plairoit, & finit enfin par lui dire: J'aurois volontiers fait preſſer Mademoiſelle de Tervire de venir ici; mais je ne mérite pas de la voir, c'eſt bien aſſez qu'elle ait la charité de prier Dieu pour moi. Adieu, Monſieur, retournez chez vous, & ouvrez enſemble ce pa-

paquet qui la consolera. Monsieur Villot sortit en effet, & revint vîte au logis, où, conformément à la volonté de cette Dame, nous lûmes le papier, qui avoit laissé pour le moins autant de curiosité que d'étonnement à ceux qui avoient entendu ce que Madame de Sainte-Hermières avoit dit en le remettant à Monsieur Villot; & voici à peu près & en peu de mots ce qu'il contenoit:

„ Prête à paroître devant Dieu, & à
„ lui rendre compte de mes actions, je
„ déclare à Monsieur le Baron de Ser-
„ cour, qu'il ne doit rien imputer à Ma-
„ demoiselle de Tervire de l'avanture qui
„ s'est passée chez moi, & qui a rompu son
„ mariage avec elle. C'est moi & une autre
„ personne (qu'elle ne nommoit point) qui
„ avons faussement supposé qu'elle avoit
„ de l'inclination pour le neveu de Mon-
„ sieur le Baron. Ce rendez-vous que nous
„ avons dit qu'elle lui avoit donné la nuit
„ dans sa chambre, ne fut qu'un complot
„ concerté entre cette autre personne
„ & moi, pour la brouiller avec Monsieur
„ de Sercour. Je meurs pénétrée de la
„ plus parfaite estime pour la vertu de
„ Mademoiselle de Tervire, à qui je n'ai
„ nui que dans la crainte du tort que cette
„ autre personne menaçoit de me faire à
„ moi-même, si j'avois refusé d'être com-
„ plice.

Il

Il me feroit impoſſible de vous exprimer tout ce que cet écrit me donna de conſolation, de calme & de joye ; vous en jugerez par l'excès de l'infortune où j'avois langui.

Monſieur Villot alla ſur le champ lire & montrer ce papier par-tout, & d'abord à Monſieur de Sercour, qui partit auſſi-tôt pour venir me voir, & me faire des excuſes.

Enfin, tout le monde revint à moi, les viſites ne finiſſoient point, c'étoit à qui me verroit, à qui m'auroit, à qui m'accableroit de careſſes, de témoignages d'eſtime & d'amitié. Tous ceux qui avoient connu ma mere, lui écrivirent ; & l'Abbé devenu à ſon tour l'exécration du Public, auſſi-bien que de ſon oncle, ſe vit forcé de ſortir du Pays, & de fuir à trente lieuës de là dans une aſſez groſſe Ville, où deux ans après on apprit que ſa mauvaiſe conduite & ſes dettes l'avoient fait mettre en priſon, où il finit ſes jours.

La femme de chambre de Madame de Sainte-Hermières ne mourut point ; cette Dame elle-même ſurvécut à ſon écrit, qui m'avoit ſi bien juſtifié, & ſe retira dans une petite Terre écartée, où elle vivoit encore quand je ſortis du Pays. Le Baron de de Sercour que je traitai toujours fort poliment par-tout où je le rencontrai, voulut renouer avec moi, & proposa de conclure le mariage; mais je ne pus plus m'y résoudre, il m'avoit trop peu ménagée.

J'avois alors dix-sept ans & demi, quand une Dame que je n'avois jamais vûe, & qui étoit extrêmement âgée, arriva dans le Pays. Il y avoit au moins cinquante-cinq ans qu'elle l'avoit quitté, & elle y revenoit, disoit-elle, pour y revoir sa famille, & pour y finir ses jours.

Cette Dame étoit une sœur de feu Monsieur de Tervire mon grand-pere, qu'un jeune & riche Négociant avoit épousé dans notre Province, où quelques affaires l'avoient amené. Il y avoit bien trente-cinq ans qu'elle étoit veuve, & il ne lui étoit resté qu'un fils, qui pouvoit bien en avoir quarante. Je ne saurois me dispenser d'entrer dans ce détail, puisqu'il doit servir à vous éclaircir ce que vous allez entendre, & que c'est d'ici que les plus importantes avantures de ma vie vont tirer leur origine.

Vous m'avez vûe rejettée de ma mere dans mon enfance, manquant d'asyle, & maltraitée de mes tantes dans mon adolescence, réduite enfin à me re-

refugier dans la maiſon d'un Payſan (car mon Fermier en étoit un) qui me garda cinq années entières, à qui j'aurois été à charge par la médiocrité de ma penſion, chez qui même je n'aurois pas eu le plus ſouvent de quoi me vêtir ſans ſon amitié pour moi, & ſans ſa reconnoiſſance pour mon grand-pere.

Me voici à préſent parvenue à l'âge de la jeuneſſe ; voyons les évènemens qui m'y attendent.

Cette Dame dont je viens de vous parler, ne ſachant plus où ſe loger en arrivant, ni qui pourroit la recevoir depuis la mort de mon grand-pere, s'étoit arrêtée dans la Ville la plus prochaine, & de-là avoit envoyé au Château de Tervire, tant pour ſavoir par qui il étoit occupé, que pour avoir des nouvelles de la famille.

On y trouva Tervire, ce frere cadet de mon pere, qui depuis deux ou trois jours y étoit arrivé de Bourgogne, où il vivoit avec ſa femme, dont je ne vous ai rien dit, & qui y avoit ſes biens, & où le peu d'accueil qu'on avoit toujours fait à ce cadet dans nos cantons depuis le deſaſtre de ſon aîné, l'avoit comme obligé de ſe retirer.

Je vous ai déja fait obſerver que la Dame en queſtion avoit un fils, & il faut que vous ſachiez encore que ce fils à qui, comme à un riche héritier, elle avoit donné toute l'éducation poſſible, & que dans ſa jeuneſſe elle avoit envoyé à Saint-Malo pour y régler quelques reſtes d'affaire, y étoit devenu amoureux de la fille d'un petit Artiſan, fort vertueuſe & fort raiſonnable, diſoit-on, mais qui avoit une ſœur qui ne lui reſſembloit pas, une malheureuſe aînée qui n'avoit de commun avec elle que la beauté, & qui pis eſt, dont la conduite avoit perſonnellement deshonoré le pere & la mere qui la ſouffroient.

Son autre ſœur, malgré cet opprobre de ſa famille, n'en étoit pas moins eſtimée, quoique la plus belle; & ce ne pouvoit être là que l'effet d'une ſageſſe bien prouvée & bien exempte de reproche.

Quoi qu'il en ſoit, le fils de Madame Durſan (c'étoit le nom de la Dame dont il s'agit) éperdu d'amour pour cette aimable fille, fit à ſon retour de Saint-Malo, tout ce qu'il put auprès de ſa mere pour obtenir la permiſſion d'épouſer ſa Maîtreſſe.

Madame Durſan que quelques amis avoient informée de tout ce que je viens de vous dire, frémit d'indignation aux inſtances de ſon fils, s'emporta ta contre lui, l'appella le plus lâche de tous les hommes, s'il persistoit dans son dessein, qu'elle traitoit d'horrible & d'infâme.

Son fils, après quelques autres tentatives qui furent encore plus mal reçues, bien convaincu à la fin de l'impossibilité de gagner sa mere, acheva sans bruit de perdre le peu de raison que l'espérance de réussir lui avoit laissée, ferma les yeux sur tout ce qu'il alloit sacrifier à sa passion, & résolut froidement sa ruine.

Il trouva le moyen de voler vingt mille frans à sa mere, partit pour Saint-Malo, rejoignit sa Maîtresse, qu'il abusa par un consentement qui paroissoit être de sa mere, dont il avoit contrefait l'écriture, eut le tems de l'épouser, avant que Madame Dursan qui s'apperçut trop tard de son vol, pût y mettre obstacle, & la força ensuite de se sauver avec lui, pour échaper aux poursuites de sa mere, après lui avoir avoué qu'il l'avoit trompée.

Trois ou quatre ans après, il avoit écrit deux ou trois fois de suite à Madame Dursan, qui pour toute réponse au repentir qu'il marquoit avoir de sa faute, lui fit mander à son tour, qu'elle ne vouloit plus entendre parler de lui,

 &

& qu'elle n'avoit que sa malédiction à lui donner.

Dursan qui connoissoit sa mere, & qui se jugeoit lui-même indigne de pardon, desespéra de la faire changer de sentiment, & cessa de la fatiguer par ses lettres.

Son mariage auroit sans doute été déclaré nul, s'il avoit voulu; son âge, l'extrême inégalité des conditions, l'infamie de ces petites gens avec lesquels il s'étoit allié, les crédits & les richesses de sa mere, tout étoit pour lui, tout l'auroit aidé à le tirer d'affaire, s'il avoit seulement commencé par se séparer de cette fille; & quelques personnes à qui il avoit d'abord confié le lieu de sa retraite, le lui proposérent deux ou trois mois après son évasion, persuadées qu'il n'y repugneroit pas, d'autant plus qu'il sentoit alors tout le tort qu'il s'étoit fait : quelle apparence d'ailleurs qu'après ses extravagances passées qui montroient si peu de cœur, il fût de caractére à s'effrayer d'une mauvaise action de plus? Celle-ci l'arrêta cependant; on ne connoît rien aux hommes; & cet insensé qui s'étoit si peu soucié de ce qu'il se devoit à lui-même, qui n'avoit pas hésité d'être si lâche à ses dépens, refusa tout net de l'être aux dépens de sa femme, pour qui sa passion étoit déja éteinte.

De-

De-ſorte que tout le monde l'abandonna, & il y avoit plus de dix-ſept ans qu'on ne ſavoit ce qu'il étoit devenu.

Tervire le cadet qui avoit autrefois été inſtruit d'une partie de ce que je vous dis-là par ſon pere, à qui Madame Durſan l'avoit écrit, préſuma que ſon fils étoit mort, puiſqu'elle revenoit finir ſes jours dans ſa patrie, ou du moins ſe flata qu'il ne ſe ſeroit pas reconcilié avec elle, & qu'en cultivant ſes bonnes graces, il pourroit encore être ſubſtitué à la place de ce fils, comme il l'avoit été à celle de mon pere.

Plein de cette eſpérance flateuſe, & déja tout émû de convoitiſe, le voilà qui part pour aller trouver ſa tante, & qui dans ſa petite tête (car il avoit peu d'eſprit) projette en chemin les moyens d'envahir la ſucceſſion; moyens auſſi ſots que lui, & qui ſe terminérent, comme on en a jugé depuis, à prodiguer les reſpects, les airs d'attachement, les complaiſances & toutes ſortes de fineſſes de cette eſpéce. Ce fut là tout ce qu'il put imaginer de plus adroit.

Mais malheureuſement pour lui, il avoit affaire à une femme de bon-ſens, d'un caractére ſimple & tout uni, que ſes façons choquérent, qui comprit tout d'un d'un coup à quoi elles tendoient, & qu'elles dégoûtérent de lui.

Il lui offrit son Château qu'elle refusa ; mais, comme il ne l'habitoit point, qu'il avoit fixé sa demeure ailleurs, & bien loin de là, qu'elle y avoit été élevée, elle s'offrit de l'acheter avec la Terre de Tervire.

Il ne demandoit pas mieux que de s'en défaire, & un autre que lui en auroit généreusement laissé le marché à la discrétion d'une tante aussi riche, aussi âgée, dont il pouvoit même arriver qu'il héritât; & ç'eût été là sûrement une marque de zéle & de desintéressement bien entendue. Mais les petites ames ne se fient à rien ; il ne s'étoit préparé qu'à des respects sans conséquence ; il étoit d'ailleurs tenté du plaisir présent de vendre bien cher ; & ce neveu, par pure avarice, oublia les intérêts de son avarice même.

Il céda son Château, après avoir honteusement chicané sur le prix avec Madame Dursan, qui l'acheta plus qu'il ne valoit, mais qui en avoit envie, & qui le lui paya sur le champ.

Tout l'avantage qu'elle eut dans cette occasion par-dessus une étrangére, ce fut d'être rançonnée avec des réverences, avec des tons doux & respectueux, à la faveur desquels il croyoit habilement tenir bon sur le marché, sans qu'elle y prît garde. Dès

Dès le lendemain elle alla loger dans le Château, qu'elle le pria sans façon de lui laisser libre le plutôt qu'il pourroit, & dont il sortit huit jours après pour s'en retourner chez lui, fort honteux du peu de succès de ses respects & de ses courbettes, dont il vit bien qu'elle avoit deviné les motifs, & qui n'avoient servi qu'à la faire rire, sans compter encore le chagrin qu'il eut de me laisser dans le Château, où le bon-homme Villot qui connoissoit cette Dame, m'avoit amenée depuis cinq ou six jours, & où je plaisois, où mes façons ingénues réussissoient auprès de Madame Dursan, qui commençoit à m'aimer, qui me caressoit, à qui je m'accoutumois insensiblement, que je trouvois en effet bonne & franche, avec qui j'étois le lendemain plus à mon aise & plus libre que la veille, qui de son côté prenoit plaisir à voir qu'elle me gagnoit le cœur, & qui pour surcroît de bonne fortune pour moi, avoit retrouvé au Château un portrait qu'on avoit fait d'elle dans sa jeunesse, à qui il est vrai que je ressemblois beaucoup, qu'elle avoit mis dans sa chambre, qu'elle montroit à tout le monde.

Et comme on m'appelloit communément la belle Tervire, il s'ensuivoit de ma ressemblance avec le portrait de Madame Dursan, qu'on ne pouvoit louer les graces que j'avois, sans louer celles qu'elle avoit eues, je ne faisois point d'impression qu'elle n'eût faite, elle auroit inspiré tout ce que j'inspirois, c'eût été la même chose, témoin le portrait; & cela la rejouïssoit encore toute vieille qu'elle étoit. L'amour-propre tire parti de tout, il prend ce qu'il peut, suivant l'âge & l'état où nous sommes; & vous jugez bien que je n'y perdois pas moi, à lui faire tant d'honneur, & à montrer ainsi ce qu'elle avoit été.

Voilà donc dans quelles circonstances Tervire repartit pour la Bourgogne.

Monsieur Villot qui croyoit ne m'avoir laissée au Château que pour une semaine ou deux, revint me chercher le lendemain du départ de mon oncle; mais Madame Dursan qui ne m'avoit retenue aussi que pour quelques jours, n'étoit plus d'avis que je la quittasse.

Parles donc, ma petite, me dit-elle en me prenant à part; t'ennuyes-tu ici? Non, vraiment, ma tante, répondis-je; mais en revanche, je pourrai bien m'ennuyer ailleurs. Eh bien, restes, reprit-elle, tu seras chez moi encore plus honnêtement que chez Villot, je pense.

C'est ce qui me semble, lui dis-je en riant.

riant. J'écrirai donc demain à ta mere que je te garde, ajouta-t-elle; entre nous, tu n'étois pas là dans une maison convenable à une fille née ce que tu es. Mademoiselle de Tervire en pension chez un Fermier! voilà qui est joli! Plus joli que d'être la Pensionnaire d'un pauvre Vigneron, comme j'ai pensé l'être, ma tante, lui repartis-je toujours en badinant.

Je le sais bien, ma petite, me répondit-elle, on me conta avant-hier toute ton Histoire, & l'obligation que tu as au bon-homme Villot que j'estime aussi-bien que sa femme: je suis instruite de tout ce qui te regarde, & je ne dis rien de ta mere; mais tu as de fort aimables tantes; quelle parenté! Elles sont venues me voir, & je leur rendrai leur visite, il faudra bien, tu feras avec moi, c'est un plaisir que je veux me donner.

Mon Fermier entra pendant qu'elle me tenoit ce discours. Venez, Monsieur Villot, lui cria-t-elle, je parlois de vous tout-à-l'heure: vous veniez pour emmener Tervire, mais je la retiens; vous me la cédez volontiers, n'est-ce pas? & je manderai à la Marquise qu'elle est chez moi. Combien vous est-il dû pour elle, dites? je vous payerai sur le champ. Eh!

Eh ! mon Dieu ! Madame, cette affaire-là ne presse pas, reprit Monsieur Villot : pour ce qui est de notre jeune Maîtresse, il est juste que vous l'ayiez, puisque vous la voulez, je ne saurois dire non, & dans le fond j'en suis bien-aise, à cause d'elle qui sera avec sa bonne tante ; mais cela n'empêchera pas que je ne m'en retourne triste, & nous allons être bien étonnez Madame Villot & moi de ne la plus voir dans la maison ; car, sauf son respect, nous l'aimions comme notre enfant, & nous l'aimerons toujours de même, ajouta-t-il presque la larme à l'œil. Et votre enfant vous le rend bien, lui répondis-je aussi toute attendrie.

Vous ne la perdez pas, vous la reviendrez voir quand il vous plaira, dit Madame Dursan que notre attendrissement touchoit à son tour.

Nous profiterons de la permission, répondit Monsieur Villot, que j'embrassai sans façon & de tout mon cœur, & que je chargeai de mille amitiez pour sa femme, que je promis d'aller voir le lendemain ; après quoi il partit.

Fin de la neuvième Partie.

X. Part.

S. Fokke inv. et fec. 1742.

www.ingramcontent.com/pod-product-compliance
Ingram Content Group UK Ltd.
Pitfield, Milton Keynes, MK11 3LW, UK
UKHW021545260726
13993UKWH00002B/649